Lagerlöf · Eine Herrenhofsage

Selma Lagerlöf

Eine Herrenhofsage

Langen Müller

Berechtigte Übersetzung aus dem Schwedischen
von Sophie Angermann

Lizenzausgabe für
Albert Langen · Georg Müller Verlag GmbH,
München · Wien
Umschlagentwurf: Christel Aumann, München
Gesamtherstellung: Mohndruck
Reinhard Mohn OHG, Gütersloh
Printed in Germany 1976
ISBN 3-7844-1632-2

Erstes Kapitel

Es war an einem schönen Herbsttag gegen Ende des Jahres 1830. Zu jener Zeit stand da in Uppsala ein hohes, gelbes einstöckiges Haus seltsam allein auf einer kleinen Wiese, weit draußen am Rande der Stadt. Es war eigentlich ein häßliches und unfreundliches Haus, aber es wurde durch eine Fülle von wildem Wein verschönt, der dort auf der Sonnenseite wuchs und so hoch an der gelben Wand hinaufkletterte, daß er die drei Fenster des oberen Stockwerkes ganz und gar umrahmte.

In dem Zimmer hinter einem dieser umrankten Fenster saß ein Student gerade bei seinem Morgenkaffee. Er war ein hochgewachsener, schöner junger Mensch mit feinen Gesichtszügen. Das lockige Haar trug er aus der Stirne zurückgestrichen, nur eine Strähne wollte ihm beständig über die Augen fallen. Sein Anzug war weit und bequem und doch elegant.

Das Zimmer war hübsch eingerichtet, da gab es ein gutes Sofa und Polstersessel, einen großen Schreibtisch und prächtige Bücherregale, aber nahezu keine Bücher darauf.

Er hatte sein Frühstück noch nicht beendet, als ein anderer Student bei ihm eintrat. Der war von ganz anderem Schlag. Ein kleiner breitschultriger Kerl, gedrungen und kräftig, häßlich, mit einem großen Gesicht, dünnem Haar und derber Haut.

»Du, Hede«, sagte er, »ich bin heute gekommen, um ernsthaft mit dir zu reden.«

»Hast du Verdruß gehabt?«

»O nein, ich nicht«, erwiderte der andere, »es handelt sich wohl eher um dich.« Eine Zeitlang saß er stumm da und blickte zu Boden. »Es ist verdammt unangenehm, darüber zu sprechen.«

»Dann laß es doch sein!« schlug Hede vor. Der feierliche Ernst reizte ihn eher zum Lachen.

»Gerade das kann ich nicht mehr«, erklärte der Gast. »Ich hätte schon längst reden sollen. Es kommt mir zwar nicht zu, das weiß ich, aber ich kann auch den Gedanken nicht loswerden, daß du im stillen denkst: Dieser Gustav Aalin, der Sohn eines meiner Häuslerbauern, meint jetzt wohl, er habe es so weit gebracht, daß er mir gute Lehren geben könne.«

»Du liebe Zeit, Aalin«, rief Hede aus, »glaub doch nicht, daß ich so etwas denke! Mein Großvater war doch selbst ein Bauernsohn.«

»Ja, aber daran denkt heute niemand mehr«, meinte Aalin. Plump und unbeholfen saß er da vor Hede und fiel mit jedem Augenblick immer mehr in seine bäuerische Art zurück, als könnte ihm das aus der Verlegenheit helfen. »Schau, wenn ich an den Unterschied denke zwischen deinem Geschlecht und dem meinen, dann finde ich, daß ich schweigen muß, wenn ich mich dann aber daran erinnere, daß es dein Vater war, der mir zum Studium verhalf, dann fühle ich mich zum Reden verpflichtet.«

Hede sah ihn an und es lag ein schöner Ausdruck in seinen Augen.
»Dann rede also, damit du deine Sorgen los wirst!« forderte er ihn auf.
»Die Sache ist die«, begann Aalin, »ich höre von allen Seiten darüber reden, daß du nichts tust. Man sagt, du hättest überhaupt kaum ein Buch aufgeschlagen in den vier Semestern, die du nun hier an der Universität studierst. Es heißt, du treibest den ganzen Tag nichts anderes als Geige spielen. Und das kommt mir auch gar nicht so unglaubhaft vor, denn du wolltest ja früher, als du in Falun zur Schule gingst, auch nie etwas anderes tun, obwohl du dort zum Arbeiten gezwungen warst.«
Hede setzte sich etwas steiler in seinem Stuhl zurecht. Das machte Aalin noch unglücklicher, doch er fuhr mit zäher Entschlossenheit fort:
»Du denkst wahrscheinlich, einer, der einen Hof wie Munkhyttan besitze, müßte eigentlich tun können, was ihm gefällt, arbeiten, wenn er mag, oder es sein lassen, wenn er nicht mag. Macht er kein Examen, ist es beinahe genauso gut. Denn du wirst ja schließlich auf alle Fälle doch nie etwas anderes werden als ein Gutsherr, du wirst dein ganzes Leben auf Munkhyttan zubringen. Ich verstehe sehr gut, daß du so denkst.«
Hede schwieg, und Aalin glaubte ihn von jener gleichen Mauer von Vornehmheit umgeben zu sehen, die in seinen Augen auch Hedes Vater, den Bergrat, und die Mutter, die Bergrätin, immer umgeben hatte.
»Aber man darf doch nicht übersehen, daß Munk-

hyttan nicht mehr der gleiche Besitz ist wie früher, als die Eisenerzgrube noch ertragreich war«, fing er vorsichtig wieder an. »Das wußte der Bergrat ganz gewiß, und darum bestimmte er auch vor seinem Tod, daß du studieren solltest. Die Bergrätin, die Arme, sie weiß das auch, und die ganze Gegend weiß es. Der einzige, der es nicht weiß, bist du, Hede.«

»Meinst du«, sagte Hede etwas gereizt, »ich wüßte nicht, daß das Bergwerk erschöpft ist?«

»Freilich«, erwiderte Aalin, »das weißt du wohl auch, aber was du eben nicht weißt, das ist, daß es mit Munkhyttan ganz und gar zu Ende ist. Wenn du einmal darüber nachdenkst, wirst du selber einsehen, daß man bei uns in Westdalarne nicht nur vom Akkerbau leben kann! Ich weiß ja nicht, warum die Bergrätin das alles vor dir geheimgehalten hat. Aber sie ist Alleinerbin und braucht dich deshalb in keiner Weise um deinen Rat zu fragen. Wie dem auch sei, daheim weiß doch ein jeder, daß sie knapp dran ist. Es heißt, sie fahre umher, um Darlehen aufzunehmen. Wahrscheinlich will sie dich nicht mit ihren Sorgen belasten, sondern denkt, sie könnte alles so weit in Gang halten, bis du dein Examen gemacht hättest. Sie wird den Besitz nicht eher verkaufen wollen, als du fertig bist und eine neue Heimat hast.«

Hede stand auf und ging einmal quer durchs Zimmer. Dann blieb er vor Aalin stehen.

»Aber Mensch, da sitzest du wahrhaftig und willst mir Dummheiten einreden. Wir sind doch reich!«

»Ich weiß natürlich, daß man euch daheim immer noch zu den großen Leuten zählt«, gab Aalin zu.

»Aber du begreifst doch auch, daß es nicht reichen kann, wenn immer nur ausgegeben wird und nie etwas hereinkommt. Solange ihr das Bergwerk noch hattet, war das etwas anderes.«

Hede setzte sich wieder.

»Meine Mutter hätte mir das doch sicher mitteilen müssen«, sagte er. »Ich bin dir dankbar, Aalin, aber du hast dir da von allerhand Klatschgeschichten einen Schrecken einjagen lassen.«

»Ja, ich dachte mir schon, daß du nichts wüßtest«, sagte Aalin hartnäckig. »Daheim auf Munkhyttan lebt die Bergrätin, spart und bemüht sich um Darlehen, um dir Geld nach Uppsala schicken zu können und dir vergnügte Ferien zu bereiten. Und unterdessen lebst du hier in den Tag hinein, weil du nicht weißt, daß Gefahr in Verzug ist. Ich konnte es nicht mehr länger mit ansehen, wie ihr einander betrügt. Deine Mutter glaubt, du studierst, und du glaubst, sie sei reich. Ich durfte es doch nicht zulassen, daß du deine Zukunft so zerstörst, ohne dich zu warnen?«

Hede saß eine Weile stumm und nachdenklich da. Dann stand er auf und gab Aalin mit einem trüben Lächeln die Hand.

»Ich sehe ein, daß du die Wahrheit gesagt hast, wenn ich sie auch nicht glauben *will*. Ich danke dir!«

Aalin schüttelte ihm die Hand, glücklich und voller Freude.

»Du mußt wissen, Hede, daß nichts verloren ist, wenn du nur arbeitest. Mit deinem Kopf kannst du sicher in sieben bis acht Semestern dein Examen machen.«

Hede richtete sich auf.
»Sei ganz ruhig, Aalin!« sagte er. »Ich werde jetzt fleißig sein.«
Aalin stand auf und ging zur Tür, war aber doch voller Zweifel. Noch ehe er die Schwelle erreicht hatte, drehte er sich um.
»Ich habe eigentlich noch ein anderes Anliegen«, sagte er. Wieder wurde er unendlich verlegen. »Ich wollte dich bitten, mir die Geige zu geben, bis du mit dem Studium richtig in Gang gekommen bist.«
»Ich soll dir die Geige geben?«
»Ja, wickle sie in das seidene Tuch und schließe sie in den Geigenkasten ein, und dann gib sie mir mit, denn anders kommst du nicht zum Lernen. Ich wäre noch nicht zur Tür draußen, da würdest du schon wieder zu spielen anfangen. Du bist jetzt so daran gewöhnt, daß du nicht widerstehen könntest, wenn du sie hier hättest. So etwas kann man nicht überwinden, wenn einem dabei nicht geholfen wird. Das ist stärker als wir.«
Hede stand da, unwillig.
»Das ist ja verrückt«, sagte er.
»Oh nein, es ist nicht verrückt. Du weißt doch, daß du das von deinem Vater geerbt hast, die Musik liegt dir im Blut. Und seitdem du hier in Uppsala dein eigener Herr warst, hast du nichts anderes mehr getan als spielen. Du wohnst doch nur deshalb so weit hier draußen am Rande der Stadt, damit du niemand störst mit deinem Spiel. Du kannst dir allein dagegen nicht helfen. Gib mir die Geige mit!«
»Ja, bisher«, sagte Hede, »konnte ich das Spielen

freilich nicht sein lassen. Aber jetzt geht es um Munkhyttan. Ich liebe meine Heimat doch noch mehr als meine Geige.«

Aber Aalin war hartnäckig und bat immer wieder um die Geige.

»Was nützt das denn?« fragte Hede. »Wenn ich spielen will, brauche ich nicht weit zu gehen, um mir eine andere Geige zu verschaffen.«

»Das weiß ich wohl«, erwiderte Aalin, »aber ich glaube, eine andere Geige wird dir nicht so gefährlich sein. Nur diese alte italienische Geige hier, sie ist die größte Gefahr für dich. Und außerdem möchte ich vorschlagen, daß du dich während der ersten Tage einsperren läßt. Nur solange, bis du den Anfang überwunden hast.«

Er bat und bat, aber Hede widersetzte sich. Auf etwas so Lächerliches wie Zimmerarrest wollte er sich nicht einlassen. Aalin wurde feuerrot.

»Ich werde die Geige mitnehmen«, erklärte er, »sonst hat das alles gar keinen Sinn.« Er redete hitzig und eifrig. »Eigentlich wollte ich nicht davon sprechen, aber ich weiß doch, daß es für dich um mehr als um Munkhyttan geht. Auf dem Promotionsball im vergangenen Frühjahr sah ich ein junges Mädchen, und es hieß, sie sei mit dir verlobt. Nun, ich selber tanze ja nicht, aber ich hatte doch meine Freude daran, zu sehen, wie sie im Tanz dahinflog und wie sie strahlte und leuchtete – wie eine Blume auf der Wiese. Und als ich hörte, daß sie mit dir verlobt sei, tat sie mir leid.«

»Sie tat dir leid?«

»Nun ja, ich wußte doch, daß aus dir nichts werden konnte, wenn du so weitermachtest, wie du angefangen hattest. Und da schwor ich mir, daß dieses Kind nicht sein ganzes Leben lang dasitzen und auf den warten sollte, der doch nie kam. Sie sollte nicht vor lauter Warten auf dich dahinwelken. Ich will nicht in ein paar Jahren ihr begegnen, mit spitzen Zügen und tiefen Falten um den Mund . . .«

Er unterbrach sich. Hede hatte ihn mit einem seltsam forschenden Blick angesehen.

Aber Gunnar Hede hatte bereits verstanden, daß Aalin seine Braut verehrte. Es rührte ihn tief, daß der Freund ihn trotzdem retten wollte, und unter dem Einfluß dieses Gefühles gab er nach und händigte ihm den Geigenkasten aus.

Als Aalin gegangen war, lernte Hede eine ganze Stunde lang wie ein Verzweifelter, dann aber warf er das Buch beiseite.

Es lohnte sich doch gar nicht zu lernen! Erst in drei oder vier Jahren konnte er fertig sein, und wer bürgte ihm dafür, daß der Besitz nicht unterdessen verkauft wurde?

Beinahe mit Schrecken erkannte er, wie sehr er die alte Heimat liebte. Es war wie eine Verzauberung. Jedes Zimmer, jeder Baum stand deutlich vor ihm. Nichts von all dem konnte er entbehren, wenn er sich glücklich fühlen wollte.

Und da sollte er ruhig bei den Büchern sitzen, während das alles im Begriff war ihm verlorenzugehen?

Er wurde immer unruhiger, fühlte das Blut wie im

Fieber in den Schläfen klopfen. Und er war nun ganz verzweifelt darüber, daß er nicht seine Geige nehmen konnte, um durch sie seine Ruhe wiederzugewinnen.

»Mein Gott«, sagte er, »dieser Aalin macht mich noch ganz verrückt. Erst bringt er mir solche Nachrichten, und dann nimmt er mir die Geige weg! – Ein Mensch wie ich muß doch einen Bogen in der Hand haben, im Kummer und in der Freude. Ich müßte etwas tun, ich müßte Geld herschaffen, aber ich habe nicht einen einzigen Gedanken im Kopf. Ohne die Geige kann ich nicht denken!«

Hede war wütend, daß er hier eingesperrt saß, auf seine Bücher angewiesen. Es war ja ein Wahnsinn, sich jahrelang auf ein Examen vorzubereiten, wenn er doch Geld brauchte, Geld und nochmals Geld!

Das Bewußtsein eingesperrt zu sein, war ihm unerträglich. Er war so böse auf Aalin, der sich diese Torheit ausgedacht hatte, daß er fürchtete, er könnte ihn verprügeln wollen, wenn er nun zurückkäme.

Ja, natürlich hätte er jetzt gespielt, wenn er die Geige gehabt hätte. Aber das war es ja auch, was er brauchte! Sein Blut kochte so vor Unruhe, daß es ihn beinahe wahnsinnig machte.

Gerade als Hede sich am heftigsten nach seiner Geige sehnte, begann ein wandernder Spielmann unten vor dem Haus zu geigen. Es war ein alter blinder Mann, und er spielte falsch und ausdruckslos, aber es rührte Hede so sehr, gerade jetzt die Klänge einer Geige zu hören, daß er mit Tränen in den Augen und mit gefalteten Händen lauschte.

Und im nächsten Augenblick riß er das Fenster auf und kletterte am Geäst des wilden Weines zur Erde hinunter. Daß er die Arbeit zurückließ, darüber machte er sich keine Gewissensbisse. Ihm schien es, als sei diese Geige einzig und allein zu diesem Haus hergekommen, um ihn in seinem Unglück zu trösten.

Sicherlich hatte Hede noch nie so demütig um etwas gebeten wie jetzt, da er den alten Blinden darum bat, ihm seine Geige zu leihen. Die ganze Zeit stand er mit der Mütze in der Hand da, obwohl der Mann doch völlig blind war.

Der Alte schien nicht zu begreifen, was Hede wollte. Er wandte sich an das Mädchen, das ihn führte. Hede verneigte sich vor dem armen Ding und wiederholte seine Bitte. Sie sah ihn an, so wie einer es tut, der Augen für zwei haben muß. Die Blicke drangen so unverwandt aus diesen großen grauen Augen, daß Hede zu spüren vermeinte, wie sie ihn trafen: Jetzt ruhten sie auf seinem Hals und sahen die frischgestärkte Krause, jetzt erkannten sie, daß der Rock sauber gebürstet war, und jetzt, daß die Stiefel glänzten.

Noch niemals hatte Hede eine solche Besichtigung über sich ergehen lassen müssen. Er sah deutlich, daß diese Augen dort ihn voll Mißbilligung betrachteten.

Aber dem war nicht so. Das Mädchen hatte eine eigene Art zu lächeln. Und jedes Lächeln in dem sonst tiefernsten Gesicht ließ einen denken, es sei dies das erste und einzige Mal, daß es ihr gelinge, froh auszusehen. Und nun glitt also dieses ungewöhnliche Lächeln über ihre Lippen.

Sie nahm dem Greis die Geige aus der Hand und reichte sie Hede.

»Spielen Sie den Walzer aus dem Freischütz«, sagte sie.

Es kam Hede seltsam vor, daß er gerade jetzt einen Walzer spielen sollte, aber im Grunde war es ihm ja gleich, was er spielte, wenn er nur überhaupt einen Bogen in die Hand bekam.

Mehr brauchte er nicht. Die Geige fing sofort an, ihn zu trösten. Sie redete mit schwachen, gebrechlichen Tönen zu ihm.

»Ich bin nur eine Arme-Leute-Geige«, sagte sie, »aber so wie ich bin, bedeute ich doch einem armen Blinden Trost und Hilfe. Ich bin das Licht und die Farbe und die Klarheit in seinem Leben. Ich bin es, der ihn über Armut und Alter und Blindheit hinwegtrösten muß.«

Hede spürte, wie die entsetzliche Niedergeschlagenheit, die ihm alle Hoffnung genommen hatte, allmählich von ihm wich.

»Du bist jung und stark«, sagte die Geige zu ihm. »Du kannst kämpfen und streiten. Du kannst festhalten, was dir entwischen will. Warum bist du mutlos und betrübt?«

Hede hatte mit gesenkten Augen gespielt, jetzt warf er den Kopf zurück und sah jene an, die um ihn herumstanden. Es war eine kleine Schar von Kindern und Leuten von der Straße, die in den Hof hereingekommen waren, um die Musik zu hören.

Allerdings waren sie wohl nicht nur der Musik wegen gekommen. Der Blinde und sein Mädchen gehörten zu einer kleinen Truppe.
Hede gegenüber stand ein Mann in einem mit Flitter benähten Trikot. Er hielt die nackten Arme über der Brust gekreuzt, und trotzdem er alt und verbraucht aussah, fand Hede ihn einen Prachtkerl mit seinem mächtigen Brustkorb und dem langen Schnurrbart. Und da war auch seine Frau, klein und dick und auch nicht mehr so sehr jung, aber strahlend glücklich über ihren Flitter und die wippenden Gazeröckchen.
Während der ersten Takte standen sie still und zählten mit. Dann kam ein starres kleines Lächeln auf ihre Lippen, sie faßten einander bei den Händen und traten mit tänzelnden Schritten auf einen kleinen aus Flicken zusammengesetzten Teppich.
Und Hede beobachtete, daß bei all den äquilibristischen Kunststücken, die sie nun ausführten, die Frau beinahe still stand, während der Mann allein arbeitete. Er sprang über sie hinweg, er umkreiste sie radschlagend, und er setzte in einer Volte über sie hinweg. Die Frau aber tat fast nichts und warf nur den Zuschauern Kußhände zu.
Aber eigentlich dachte Hede nicht viel an diese beiden. Sein Bogen flog nun über die Saiten und sprach zu ihm von dem Glück, das im Kampf und in der Eroberung liegt. Und er wollte Hede beinahe glücklich preisen dafür, daß alles für ihn auf dem Spiel stand. Hede spielte sich selber Mut und Hoffnung zu und dachte nicht an die alten Seiltänzer.
Plötzlich aber merkte er, daß diese unruhig wurden.

Sie hörten auf zu lächeln, sie warfen dem Publikum keine Kußhände mehr zu. Der Akrobat machte verkehrte Sprünge, und die Frau fing an, sich im Walzertakt zu wiegen.
Hede spielte nun immer eifriger. Er gab den Freischütz auf und stürmte mit einer alten Tanzmelodie dahin, einer Melodie, die alle Menschen verrückt machte, wenn sie auf einem Fest gespielt wurde.
Die alten Seiltänzer verloren ganz die Fassung. Sie waren nur noch atemloses Staunen. Und es kam der Augenblick, in dem sie nicht mehr widerstehen konnten. Mit einem Satz sprangen sie vorwärts, einander gerade in die Arme, und dann fingen sie an, mitten auf dem Flickenteppich Walzer zu tanzen.
Und wie sie tanzten, wie sie tanzten! Sie machten kleine trippelnde Schritte und drehten sich in engen Windungen um sich selbst, gerieten kaum über den Teppich hinaus. Und ihre Gesichter strahlten vor Freude und Verzückung. Jugendlust und Liebesfieber hatten die alten Menschen erfaßt.
Die ganze Schar der Zuschauer jubelte bei diesem Tanz. Das Gesicht der kleinen ernsthaften Blindenführerin wurde von einem Lächeln verklärt, Hede aber war ganz und gar aufgerührt.
Sieh doch, was seine Geige alles vermochte, sie brachte es fertig, daß die Menschen völlig außer sich gerieten! Es war eine ungeheuere Macht, über die er da gebot. Zu jeder Zeit konnte er von seinem Reich Besitz ergreifen.
Nur ein paar Jahre des Studiums im Ausland bei einem großen Meister – dann wollte er durch die ganze

Welt ziehen und sich Geld, Ehre und Ruhm erspielen.
Hede dünkte es, diese Akrobaten seien nur hierhergekommen, um ihm dies zu sagen. Das war sein Weg, der Weg, der hell und offen vor ihm lag.
Er sagte zu sich selber: ich will, ich will Musiker werden, ich muß es werden. Das ist etwas anderes als studieren. Ich kann die Menschen mit meiner Geige verzaubern, ich kann reich werden.
Hede hörte zu spielen auf. Die Kunstreiter kamen sogleich herbei und machten ihm ihre Komplimente.
Der Mann stellte sich vor, er hieß Blomgren. Das sei sein bürgerlicher Name, er habe noch andere, wenn er auftrete. Er und seine Frau seien alte Zirkusleute. Frau Blomgren sei einstmals als Miß Viola auf dem Rücken der Pferde dahingeflogen. Und heute noch, trotzdem sie den Zirkus verlassen hätten, seien sie Künstler, glühende Künstler. Das habe er ja bereits sehen können. Darum auch hätten sie seiner Geige nicht zu widerstehen vermocht.
Hede zog mehrere Stunden lang mit den Akrobaten umher. Er konnte sich nicht von der Geige trennen, und die Begeisterung der alten Artisten für ihren Beruf gefiel ihm. Dabei stellte er sich selbst auf die Probe. »Ich will sehen, ob ich das Zeug zu einem Künstler in mir habe, ich will sehen, ob ich Begeisterung hervorrufen kann, ich will sehen, ob ich es erreiche, daß Kinder und Müßiggänger mir von Hof zu Hof folgen müssen.«
Auf ihrem Weg durch die Straßen warf Herr Blom-

gren sich einen alten, abgetragenen Regenmantel über, und Frau Blomgren hüllte sich in eine braune Pelerine ein. So vermummt gingen sie eifrig erzählend neben Hede dahin.
Herr Blomgren wollte nicht etwa von all der Ehre reden, die er und Frau Blomgren seinerzeit eingeheimst hatten, als sie einem richtigen Zirkus angehörten. Eines Tages aber hatte der Direktor Frau Blomgren unter dem Vorwand entlassen, daß sie zu dick geworden sei. Blomgren war nicht entlassen worden, sondern hatte selbst um seine Entlassung gebeten. Niemand hätte doch wohl Herrn Blomgren zumuten können, bei einem Direktor weiterzuarbeiten, der seine Frau entlassen hatte!
Frau Blomgren liebte die Kunst, und um seiner Frau willen hatte Herr Blomgren sich entschlossen, ein freier Künstler zu werden, damit sie auch noch weiterhin auftreten konnte. Im Winter, wenn es zu kalt war, um auf der Straße Vorstellungen zu geben, spielten sie im Zelt. Da hatte man ein sehr reiches Repertoire. Man gab Pantomimen, man zauberte und man jonglierte.
Der Zirkus habe sie ausgestoßen, sagte Herr Blomgren, nicht aber die Kunst. Sie dienten stets der Kunst, denn sie sei es wert, daß man ihr bis in den Tod treu bleibe. Künstler sein, immer nur Künstler! Das war Herrn Blomgrens Standpunkt, und auch Frau Blomgren dachte nicht anders darüber.
Hede ging schweigsam dahin und hörte zu. Unruhig erwogen seine Gedanken einen Plan um den andern. Man kann mitunter Ereignissen begegnen, die wie

Symbole sind, wie Zeichen, die man deuten muß. Es lag doch ein Sinn in dem, was ihm hier widerfuhr. Gelang es ihm, den richtig zu erkennen, so war ihm dadurch ein Hinweis zu einem klugen Entschluß gegeben.

Herr Blomgren bat den »Herrn Studenten«, der kleinen Blindenführerin ein wenig Aufmerksamkeit zu schenken. Habe er je solche Augen gesehen? Glaube er nicht, daß solche Augen etwas bedeuten müßten? Könne ein Mensch solche Augen haben, ohne für etwas Großes ausersehen zu sein?

Hede drehte sich um und betrachtete das kleine blasse Kind. Wahrhaftig, es hatte Augen wie Sterne in einem traurigen und etwas abgezehrten Gesicht.

»Der Herrgott weiß immer, was er tut«, sagte Frau Blomgren, »und ich glaube sogar, er hat eine ganz bestimmte Absicht damit, daß er einen Künstler wie Herrn Blomgren auf der Straße auftreten läßt. Woran aber dachte er wohl, als er dem Mädchen hier diese Augen und dieses Lächeln gab?«

»Eines muß ich jedoch sagen«, fiel Herr Blomgren ein, »für die Kunst hat sie nicht die mindeste Begabung. Und das mit solchen Augen!«

Hede kam der Verdacht, daß sie nicht so sehr zu ihm sprächen, als vielmehr der Kleinen selbst einen Vortrag hielten, denn sie folgte dicht hinter ihnen und konnte jedes Wort hören.

»Sie ist erst dreizehn Jahre alt und keineswegs zu alt, um etwas zu lernen, aber unmöglich, unmöglich – ohne jedes Talent. Bringen Sie ihr das Nähen bei, Herr Student, wenn Sie nicht Ihre Zeit verlieren wollen, aber lehren Sie sie nicht auf dem Kopf zu stehen! – Dieses Lächeln, das sie hat, macht die Menschen ganz vernarrt in sie«, fuhr Herr Blomgren fort. »Allein wegen dieses Lächelns werden dem Mädchen immer wieder Angebote gemacht von Familien, die sie adoptieren wollen. Sie könnte jetzt in einem wohlhabenden Haus aufwachsen, wenn sie ihren Großvater allein lassen würde. Wozu aber braucht sie so ein Lächeln, das die Menschen verrückt macht, wenn sie sich doch niemals auf einem Pferderücken oder am Trapez zeigen will?«

»Wir kennen andere Künstler«, sagte Frau Blomgren, »die sich Kinder von der Straße holen, um sie in unserm Beruf zu erziehen für die Zeit, da sie selbst einmal nicht mehr auftreten können. Es gibt mehr als einen, dem es geglückt ist, einen Stern heranzubilden und dafür ungeheure Gagen zu erzielen. Aber Herr Blomgren und ich haben nie an die Gage gedacht, wir haben nur daran gedacht, wie wir Ingrid durch einen Reifen fliegen sehen wollten, während der ganze Zirkus vom Beifall erdröhnte. Das wäre wie der Anfang eines neuen Lebens gewesen.«

»Warum behalten wir ihren Großvater?« fragte Herr Blomgren. »Ist er etwa ein Künstler, wie er uns ansteht? Wir, wir könnten doch zusammen mit einem ehemaligen Mitglied einer Hofkapelle arbeiten! Aber wir haben die Kleine gern, wir können sie nicht entbehren, wir behalten den Alten um ihretwillen.«

»Ist es nicht abscheulich von ihr, daß sie uns nicht erlauben will, eine Künstlerin aus ihr zu machen?« fragten sie.

Hede sah sich um. Die kleine Blindenführerin ging dahin, und ihr Gesicht trug den Ausdruck geduldigen Leidens. Er sah ihr an, daß sie wußte, wie unbegabt und verachtenswert ein Geschöpf war, das nicht seiltanzen konnte.

In diesem Augenblick langten sie auf einem neuen Hof an, aber ehe sie ihre Vorstellung begannen, setzte Hede sich auf einen umgestülpten Schubkarren und fing an zu predigen.

Er verteidigte die arme Blindenführerin und tadelte Herrn und Frau Blomgren dafür, daß sie sie vor das grausame Publikum bringen wollten, das sie zwar eine Zeitlang lieben und das ihr Beifall klatschen werde, sie aber dann, wenn sie alt und verbraucht sei, bei Herbstregen und Kälte durch die Straßen ziehen lasse. Nein, der sei Künstler genug, der einen Menschen glücklich mache, und sie, Ingrid, solle Augen und Lächeln nur für einen haben, solle sie für einen einzigen sparen, und dieser eine werde sie nicht im Stich lassen, sondern ihr eine sichere Heimat geben, so lange er lebe.

Die Tränen stiegen Hede in die Augen, während er das sagte. Er redete mehr für sich als für die andern. Plötzlich empfand er es als etwas Furchtbares, in die Welt hinausgetrieben zu werden, von dem ruhigen Leben daheim abgeschnitten zu sein.

Und er sah, wie die großen Sternenaugen des Mädchens aufleuchteten. Es war, als habe sie jedes Wort verstanden. Es war, als habe sie wieder Mut zum Leben.

Aber Herr Blomgren und seine Frau waren sehr ernst

geworden. Sie drückten Hede die Hand und versprachen ihm, nie mehr das Mädchen zur Künstlerlaufbahn zwingen zu wollen. Sie sollte ihren eigenen Weg gehen dürfen, wie sie es wünschte. Er habe sie gerührt. Sie seien Künstler, in tiefster Seele Künstler, sie verstünden, was er meine, wenn er von Treue und Liebe rede.

Nach diesem Gespräch trennte Hede sich von ihnen und ging heim. Er versuchte nicht mehr in seinem Abenteuer eine geheime Absicht zu erkennen. Genau betrachtet, hatte das alles doch nur den einen Zweck gehabt, dieses arme, traurige Kind davor zu bewahren, daß es sich ob seiner Untüchtigkeit zu Tode grämte.

Zweites Kapitel

Gunnar Hedes Hof Munkhyttan gehörte zu einer armen Gemeinde tief drinnen in Westdalarne. Die Gegend dort war weit und unwirtlich und die Natur karg und hart, wohin man auch blickte. Steinige Waldhänge und viele kleine Seen bedeckten fast das ganze Land. Die Menschen hätten sich dort nicht ernähren können, hätten sie nicht das Recht gehabt, als Hausierer durch das ganze Land zu ziehen. Dafür aber war auch die ganze armselige Gegend erfüllt von Geschichten über arme Bauernburschen und Bauernmädchen, die mit einem Sack voll Waren auf dem Rücken auszogen und schließlich in goldener Kutsche mit Kisten und Kästen voll Geld heimgekehrt waren. Eine der allerschönsten Geschichten war die über Hedes Großvater. Er war als der Sohn eines armen Spielmanns mit der Geige groß geworden, und mit siebzehn Jahren war er mit dem Warensack auf seinem Rücken ausgezogen. Aber die Geige nahm er mit sich, und wo immer er hinkam, half sie ihm bei seinen Handelsgeschäften. Abwechselnd hatte er da den Leuten zum Tanz aufgespielt und ihnen dann wieder seidene Tücher, Kämme und Nadeln verkauft. Das ganze Geschäft war stets mit lauter Scherz und Spiel verbunden gewesen, und so gut war es dabei gegan-

gen, daß er schließlich Munkhyttan samt dem Bergwerk von dem verarmten Besitzer hatte kaufen können, dem das Gut bis dahin gehört hatte.
So war er ein vornehmer Mann geworden, und die schöne Tochter des ehemaligen Eigentümers hatte sich mit ihm verheiratet.
Seitdem hatte die alte Herrschaft, wie sie allgemein genannt wurden, nur alle Gedanken darauf verwandt, ihren Besitz immer mehr zu verschönern. Sie ließen das alte Herrenhaus auf einer hübschen Insel neu aufstellen. Diese Insel lag ganz nahe beim Ufer des kleinen Sees, um den sich die zum Gut gehörigen Äcker und Grubenfelder ausbreiteten. Und sie fügten dem Haus ein zweites Stockwerk hinzu, denn sie wollten Platz haben, um viele Gäste empfangen zu können, und ebenso ließen sie die große doppelte Freitreppe anbringen. Die ganze hügelige Insel wurde mit Laubbäumen bepflanzt, schmale verschlungene Pfade wurden in den felsigen Grund gebrochen und kleine Aussichtstempel gebaut, die wie große Vogelnester über dem Wasser hingen. Die schönen französischen Rosen, die die Terrasse einsäumten, die holländischen Möbel, die italienische Geige – all das trugen sie auf dem Hof zusammen. Um den Obstgarten vor dem Nordwind zu schützen, ließen sie eine Mauer errichten, und zuletzt bauten sie auch noch ein Treibhaus.
Die alten Herrschaften waren frohe und freundliche Leute vom alten Schlag gewesen. Die gnädige Frau hatte wohl gerne ein bißchen vornehm getan, aber der alte Herr nicht im mindesten. Unter all dem Staat, in

dem er lebte, vergaß er doch nie, was er einmal gewesen war, und in dem Arbeitszimmer, in dem er seine geschäftlichen Angelegenheiten erledigte und wo ihn alle Menschen aufsuchten, hingen der Kramsack und die rotgestrichene selbstgefertigte Geige über dem Pult des alten Herrn.

Auch nach seinem Tod blieben Sack und Geige unverändert an dem gleichen Platz hängen. Und jedesmal, wenn sein Sohn und sein Enkel sie betrachteten, stieg Dankbarkeit in ihnen auf. Denn diese armseligen Gegenstände waren es ja, die Munkhyttan geschaffen hatten, und Munkhyttan war das Beste auf der Welt.

Woher es nun auch kam – und es hatte wohl vor allem seine Ursache darin, daß sich mit dem Besitz ein gutes und angenehmes, sorgenfreies Leben zu verbinden schien – so hingen die Hedes mit größerer Liebe an dem Hof als für sie gut war. Und besonders Gunnar Hede war so mit ihm verwachsen, daß es von ihm hieß, nicht er besitze einen Hof, es sei im Gegenteil ein alter Hof in Westdalarne, der Gunnar Hede besitze.

Hätte er sich nicht zum Sklaven gemacht, zum Sklaven eines großen, alten, verkommenen Herrenhauses, etlicher Morgen Acker- und Waldlandes und einiger ungepflegter Apfelbäume, so hätte er wohl seine Studien fortgesetzt oder, noch besser, sich der Musik gewidmet, die doch wahrscheinlich seine eigentliche Berufung in dieser Welt gewesen war. Aber als er von Uppsala heimkam und sich über die Lage klar wurde und wirklich erkannte, daß der Hof verkauft werden mußte, wenn er nicht sehr bald viel Geld verdienen konnte, warf er alle anderen Pläne über Bord und beschloß als Hausierer auszuziehen, so wie sein Großvater es getan hatte.

Hedes Mutter und seine Braut beschworen ihn, doch lieber den Hof zu verkaufen, als sich in dieser Weise dafür zu opfern, aber er ließ sich nicht davon abbringen. Er zog die Bauerntracht der Dalekarlier an, kaufte Waren und begann als Handelsmann durchs Land zu ziehen. Er glaubte, schon in wenigen Jahren genug verdienen zu können, um die Schulden zu bezahlen und den Hof dadurch zu retten.

Und soweit es den Hof betraf, hatte er auch Erfolg mit seinem Unternehmen. Über sich selber aber brachte er ein furchtbares Unglück.

Als er ein Jahr lang mit dem Kramsack umhergewandert war, kam er auf den Gedanken, einen Versuch zu unternehmen, der ihm mit einem Schlag eine große Summe Geldes einbringen sollte. Er zog weit nach dem Norden des Landes und kaufte dort eine große Anzahl von Ziegen, es waren deren sicher mehrere hundert. Und alle diese Tiere wollte er zusammen mit einem Kameraden auf einen Markt im Wermland treiben, denn dort kosteten die Ziegen doppelt so viel wie oben im Norden. Gelänge es ihm dann, alle diese Ziegen zu verkaufen, so hätte er ein ausgezeichnetes Geschäft gemacht.

Es war noch nicht später als November, und es lag noch kein Schnee, als Hede und sein Kamerad sich mit der Ziegenherde auf den Weg machten. Am ersten Tag ging alles gut, am zweiten aber, als sie in den großen Zehnmeilenwald kamen, begann es zu schneien. Ein starker Sturm setzte ein, und die Flokken wirbelten in dichtem Schneegestöber herab. Bald konnten die Tiere sich nur noch mühsam den Weg durch den Schnee bahnen. Wohl sind Ziegen mutige und widerstandsfähige Tiere, und sie kämpften sich auch lange Zeit weiter, aber das Schneegestöber hielt mehrere Tage und Nächte an und zugleich war es entsetzlich kalt.

Hede tat alles, was in seiner Macht stand, um die Tiere zu retten. Aber von dem Augenblick an, da das Schneetreiben begann, konnte er ihnen weder Futter noch Wasser verschaffen. Und nachdem die Ziegen einen Tag lang durch den hohen Schnee gestapft waren, war ihre Haut an den Beinen wundgescheuert. Das tat ihnen weh, und sie wollten nicht mehr weitergehen. Die erste Ziege, die sich am Wegrand hinwarf und nicht mehr aufstehen und der Herde folgen wollte, hob er auf und trug sie auf seinen Schultern weiter. Als sich aber noch eine zweite und eine dritte hinlegte, konnte er sie nicht mehr alle tragen. Da blieb nichts anderes übrig als wegzuschauen und weiterzugehen.

Ihr wißt vielleicht, was das besagen will, ein Zehnmeilenwald?* Nicht ein Hof, nicht eine Hütte auf Meilen und Meilen ringsum. Hochgewachsene Föhren mit baumharter Rinde und weit oben sitzenden Ästen, kein Jungwald mit weicher Rinde und weichen Zweigen, die die Tiere benagen konnten. Wäre

* Eine schwedische Meile = zehn Kilometer

der Schnee nicht gekommen, hätten sie den Wald in wenigen Tagen durchqueren können, jetzt war es unmöglich für sie, hindurchzugelangen. Die Ziegen blieben im Schnee stecken, und auch die Menschen kamen beinahe um.

Während der ganzen Zeit begegneten sie nicht einem einzigen Menschen. Niemand half ihnen.
Hede versuchte den Schnee beiseitezuschieben und so das Moos für die Ziegen freizulegen, aber der Schnee fiel und fiel ununterbrochen, und das Moos war fest mit der Erde zusammengefroren. Und wie hätte er auch auf diese Weise genug Futter für zweihundert Tiere beschaffen sollen.
Er trug es mutig, bis die Ziegen zu jammern anfingen. Sie waren am erten Tag eine muntere und ausgelassene, ja sogar recht unbändige Schar gewesen. Er hatte große Mühe gehabt, sie alle beisammen zu halten und darauf aufzupassen, daß sie sich nicht gegenseitig mit ihren Hörnern aufspießten. Jetzt aber schienen sie zu begreifen, daß sie verloren waren. Und da änderte sich ihr ganzes Wesen, und sie wurden völlig mutlos. Sie fingen an kläglich zu meckern und zu jammern, nicht schwach und dünn, wie es die Art der Ziegen ist, sondern laut und in immer höheren Tönen, je größer die Not wurde. Und als Hede diese Schreie hörte, war es ihm, als sollte er wahnsinnig werden.
Sie waren im wilden, verlassenen Wald, und nirgends gab es Hilfe. Ein Tier nach dem andern sank neben dem Weg zu Boden. Und der Schnee wirbelte herab

und deckte es zu. Als Hede zurückblickte und die vielen Schneehügel sah, die alle einen Tierleib verbargen und aus denen Hörner und Hufe herausragten, begann sein Verstand sich zu verwirren.
Immer wieder trieb er jene Tiere an, die sich von den wirbelnden Schneeflocken einhüllen ließen, schwang seine Gerte über ihnen und schlug sie. Das war ja die einzige Art, sie zu retten, aber sie rührten sich nicht. Er packte sie bei den Hörnern und zerrte sie weiter. Sie ließen sich wohl zerren, doch sie selber taten nicht einen einzigen Schritt. Aber wenn er dann die Hörner losließ, leckten die Ziegen ihm die Hände, als wollten sie ihn bitten, ihnen doch zu helfen. Immer wieder, sobald er ihnen nahe kam, leckten sie ihm die Hände. All dies machte einen so furchtbaren Eindruck auf Hede, daß er spürte, wie er nahe daran war, wahnsinnig zu werden.
Vielleicht aber wäre es doch nicht ganz so schlimm mit ihm gekommen, wäre er nicht, nachdem dort oben im Wald alles zu Ende war, zu einer Frau gereist, die er sehr lieb hatte. Nicht zu seiner Mutter, sondern zu seiner Braut. Er war ganz von dem Gedanken beherrscht, jetzt sogleich zu ihr fahren zu müssen, um ihr zu sagen, daß er sehr viel Geld verloren habe und darum noch viele Jahre nicht ans Heiraten denken könne. Aber so sicher wußte er sich ihrer, daß er eigentlich nur hinfuhr, um von ihr zu hören, wie trotz seinem Unglück ihre Liebe zu ihm noch die gleiche sei. Er glaubte, ihr müßte es gelingen, die Erinnerung an den Zehnmeilenwald in ihm zu bannen.

Sie hätte das vielleicht auch gekonnt, aber sie wollte nicht. Es hatte ihr schon sehr mißfallen, daß er mit einem Kramsack umherwanderte und wie ein Bauer aussah. Dies, so fand sie, mache es ihr schwer, ihn so lieb zu haben wie früher. Als sie jetzt aber hörte, daß er dieses Leben noch viele Jahre weiterführen müsse, erklärte sie ihm, sie könne nicht mehr auf ihn warten.

Da erst verlor Hede beinahe wirklich den Verstand.

Doch wurde er nicht völlig wahnsinnig. Es blieb ihm gerade noch soviel Verstand, daß er seinen Handel weitertreiben konnte. Er machte sogar bessere Geschäfte als andere, denn die Leute fanden ihren Spaß daran, ihn zum Besten zu halten, und er war immer willkommen in den Bauernstuben. Man neckte ihn gerne und gründlich, aber das war ja auch wieder gerade günstig für ihn, da er doch so gerne reich werden wollte.

Und nach wenigen Jahren hatte er genug verdient, um alle Schulden zu bezahlen und sorgenfrei auf seinem Hof leben zu können. Doch das begriff er nicht, sondern töricht und verrückt zog er weiter von Hof zu Hof, und der Gedanke, daß er eigentlich ein Mann von besserer Herkunft war, lebte nicht mehr in ihm.

Drittes Kapitel

Raaglanda hieß ein Kirchspiel weit droben im östlichen Wermland, ganz nahe der Grenze von Dalarne, und es gab dort einen großen Propstsitz, der Pfarrhof aber war klein und armselig. Doch trotz aller Armut waren die Leute auf dem kleinen Pfarrhof so barmherzig, daß sie ein Pflegekind angenommen hatten. Es war ein Mädchen. Ingrid hieß sie, und sie war mit dreizehn Jahren auf den Hof gekommen.

Der Pfarrer hatte sie auf einem Markt gesehen, als sie weinend vor einem Seiltänzerzelt saß. Da war er stehengeblieben und hatte sie gefragt, warum sie weine. Und so erfuhr er, daß ihr blinder Großvater gestorben sei und daß sie niemand mehr habe, der ihr nahe stünde. Jetzt ziehe sie mit einem Seiltänzerpaar umher, erzählte die Kleine weiter, und die beiden seien gut zu ihr. Sie aber sei traurig, weil sie sich zu dumm anstelle und das Seiltanzen nie erlernen könne, um auf diese Weise Geld verdienen zu helfen.

Es lag eine so liebliche Trauer über dem Kind, daß der Pfarrer davon gerührt und ergriffen wurde. Unwillkürlich sagte er zu sich selbst, daß er solch ein kleines Geschöpf nicht bei diesen unsteten Landstreichern verkommen lassen dürfe. Er betrat das Seiltänzerzelt, wo er Herrn und Frau Blomgren traf, und erbot sich, das Kind in sein Haus aufzunehmen. Die alten Kunstreiter fingen an zu weinen und sagten, wenn die Kleine für die Kunst auch völlig untauglich sei, so hätten sie sie doch gerne behalten. Aber auch sie glaubten, sie werde glücklicher sein in einem richtigen Heim bei Menschen, die das ganze Jahr über am selben Ort wohnten, und darum wollten sie das Kind dem Herrn Pfarrer überlassen, nur müsse er ihnen versprechen, es wie eines seiner eigenen Kinder zu halten.

Das hatte er damals versprochen, und seitdem lebte Ingrid auf dem Pfarrhof. Sie war ein stilles und sanftmütiges Kind und voller Liebe und zarter Fürsorge gegen alle, die um sie waren. In der ersten Zeit liebten ihre Pflegeeltern sie sehr, aber mit den Jahren entwikkelte sich bei ihr ein starker Hang zum Träumen und Phantasieren. Das Reich der Gesichte und Vorstellungen tat sich für sie mit starken Lockungen auf, und es konnte geschehen, daß sie mitten am Tag die Arbeit ruhen ließ und in Träume versank. Der Pfarrersfrau aber, die ein rascher und harter Arbeitsmensch war, gefiel das nicht. Sie schalt das Mädchen faul und träge und quälte sie so mit ihrer Strenge, daß Ingrid ganz eingeschüchtert und unglücklich wurde.

Als sie neunzehn Jahre alt war, wurde sie schwer krank. Man wußte nicht genau, was für eine Krankheit es war, denn dies alles trug sich vor langer, langer Zeit zu, als es noch keine Ärzte in Raaglanda gab. Aber es stand schlimm um das Mädchen. Sie war so krank, daß sie wohl sterben mußte, das erkannte man bald. Sie selber aber betete nur immer zum lieben

Gott, er möge ihr doch das Weiterleben ersparen. Sie wolle so gerne sterben, sagte sie.
Da war es gerade, als wollte der Herrgott sie auf die Probe stellen, ob es ihr auch ernst mit ihrer Bitte sei. Eines Nachts verspürte sie, wie sie am ganzen Körper steif und kalt wurde, und zugleich befiel sie eine schwere Betäubung.
»Das ist sicher der Tod«, sagte sie zu sich selber.
Das Merkwürdige aber war, daß sie das Bewußtsein keineswegs verlor. Sie wußte darum, daß sie wie tot dalag, wußte darum, daß man sie in Tücher hüllte und in den Sarg legte. Aber sie empfand keine Furcht und kein Entsetzen davor, daß sie begraben werden sollte, obwohl sie doch lebte. Sie dachte nur daran, welch ein Glück es für sie sei, daß sie sterben und dieses harte Leben verlassen dürfe.
Nur eines bereitete ihr Sorge. Sie hatte Angst, man könnte entdecken, daß sie ja nur scheintot war, und sie fürchtete deshalb, daß man sie nicht begraben würde. Wie bitter mußte das Leben doch für sie gewesen sein, daß sie jetzt so ohne jede Todesfurcht war!
Aber nicht ein einziger entdeckte, daß sie noch lebte. Sie wurde zur Kirche gefahren, auf den Friedhof getragen und ins Grab gelegt.
Das Grab aber wurde nicht sogleich über ihr zugeschüttet, denn, getreu dem Brauch in Raaglanda, war sie am Sonntagmorgen vor dem Gottesdienst beerdigt worden. Danach begab sich das Trauergefolge in die Kirche und ließ den Sarg im offenen Grab stehen. Jedoch gleich nach Beendigung des Gottesdienstes

wollte man zurückkommen und dem Totengräber helfen, das Grab zuzuwerfen.
Das Mädchen wußte alles, was mit ihm geschah, empfand jedoch kein Entsetzen. Sie hätte keine Bewegung machen können, um zu zeigen, daß sie lebte, wenn sie dies auch noch so gerne gewollt hätte. Aber selbst wenn sie imstande gewesen wäre, sich zu bewegen, hätte sie sich dennoch ganz still verhalten. Sie war nur die ganze Zeit über froh, daß sie so gut wie tot war.
Man konnte wohl auch nicht eigentlich sagen, daß sie lebte. Denn sie war weder richtig wach noch bei vollem Bewußtsein. Was in ihr lebte, war nur jener Teil der Seele, der des Nachts die Träume träumt.
Sie vermochte nicht einmal so weit zu denken, daß sie begriff, wie entsetzlich es für sie sein müßte, wenn sie aufwachte, nachdem das Grab zugeschüttet wäre. Sie hatte ihren Verstand nicht besser in der Gewalt als ein Träumender.
»Ich möchte wissen«, dachte sie, »ob es in der ganzen weiten Welt etwas gibt, das in mir die Lust zum Leben wieder zu erwecken vermöchte.«
Kaum hatte sie das gedacht, da schien der Sargdeckel und das Schweißtuch, das über ihrem Gesicht lag, durchsichtig zu werden, und sie erblickte vor sich Geld und schöne Kleider und schöne Obstgärten mit köstlichen Früchten.
»Nein, an all dem liegt mir nichts«, sagte sie und schloß die Augen vor diesen Herrlichkeiten.
Als sie wieder aufblickte, waren sie verschwunden, an ihrer Stelle jedoch sah sie ganz klar und deutlich einen

kleinen, gottgesandten Engel am Rande des Grabes sitzen.

»Guten Tag, du kleiner Gottesengel!« sagte sie zu ihm.

»Guten Tag, Ingrid!« sagte der Engel. »Ich möchte gern mit dir von vergangenen Zeiten reden, während du hier liegst und nichts zu tun hast.«

Ingrid vernahm deutlich jedes Wort, das der Engel sagte, aber seine Stimme ließ sich mit nichts vergleichen, das sie zuvor gehört hatte. Am ehesten glich sie einem Saitenspiel, dessen Töne Worte waren. Sie glich keinem Gesang, sondern war wie die Musik von Geigen oder Harfen.

»Ingrid«, sagte der Engel, »weißt du noch, wie du einmal, als dein Großvater noch lebte, einen jungen Studenten trafst, der einen ganzen Tag mit dir von Hof zu Hof ging und auf der Geige deines Großvaters spielte?«

Das Gesicht der Scheintoten wurde von einem Lächeln erhellt.

»Glaubst du, ich hätte das vergessen?« sagte sie. »Seit jener Zeit ist nicht ein einziger Tag vergangen, ohne daß ich an ihn gedacht hätte.«

»Und keine einzige Nacht, ohne daß du von ihm geträumt hättest?«

»Nein, keine einzige Nacht, ohne daß ich von ihm geträumt hätte.«

»Und du willst sterben, obwohl du dich seiner so gut erinnerst?« fragte der Engel. »Da kannst du ihn ja nicht mehr sehen.«

Als er dies sagte, vermeinte das scheintote Mädchen

die ganze Glückseligkeit der Liebe zu verspüren, aber nicht einmal das konnte sie locken.
»Nein, nein«, sagte sie, »ich habe Angst vor dem Leben, ich will lieber sterben.«
Da winkte der Engel mit der Hand, und Ingrid erblickte eine große, öde Sandwüste vor sich. Sie war baumlos und unfruchtbar, trocken und heiß, und erstreckte sich bis ins Unendliche. Auf dem Sand lag da und dort etwas, was auf den ersten Blick wie hingestreute Felsblöcke aussah. Als sie aber genauer hinschaute, waren es Tiere, riesige, lebende Ungeheuer mit gewaltigen Klauen und großen fletschenden Zahnreihen. Und sie lagen im Sand und lauerten auf Beute. Und zwischen diesen fürchterlichen Tieren kam der Student gewandert. Sorglos ging er dahin, ohne zu ahnen, daß die Gestalten rings um ihn lebendig waren. »Aber so warne ihn doch, warne ihn!« rief Ingrid dem Engel zu, von unsäglicher Angst erfüllt. »Sag ihm, daß sie leben, daß er sich in acht nehmen soll!«
»Mir ist es nicht erlaubt, zu ihm zu sprechen«, erwiderte der Engel mit seiner klingenden Stimme, »du mußt ihn selber warnen.«
Da merkte die Scheintote mit Entsetzen, daß sie gelähmt dalag und nicht hineilen konnte, um den Studenten zu retten. Immer wieder versuchte sie sich aufzurichten, vergebens, die Ohnmacht des Todes hielt sie fest. Dann aber endlich – endlich! Sie fühlte, wie ihr Herz zu klopfen begann, das Blut strömte durch die Adern, die Todesstarre schmolz aus ihren Gliedern. Sie stand auf und eilte ihm entgegen – – –

Viertes Kapitel

Nichts ist so sicher und gewiß, wie daß die Sonne die freien Plätze vor den kleinen Kirchen auf dem Lande liebt. Hat wirklich noch keiner bemerkt, daß man nirgends soviel Sonnenschein antrifft wie vor einer kleinen weißgestrichenen Kirche während des Gottesdienstes? Nirgends knüpfen die Strahlen ein so dichtes Netz von Licht, nirgends verharrt die Luft in so ehrfurchtsvoller Stille. Es ist, als wache die Sonne darüber, daß die Leute nicht schwatzend auf dem Kirchplatz stehen bleiben. Sie will, daß alle schön drinnen sitzen in der Kirche und die Predigt anhören, darum sendet sie einen solchen Reichtum von Strahlen draußen vor der Kirche hernieder.
Wer weiß, vielleicht hält die Sonne nicht an allen Sonntagen Wache vor den kleinen Landkirchen. Soviel aber ist sicher, daß sie an jenem Vormittag, an dem das scheintote Mädchen auf dem Friedhof von Raaglanda ins Grab gelegt worden war, eine wahrhaft glühende Hitze auf dem kleinen Platz vor der Kirche ausbreitete. Sogar die Kieselsteine sahen aus, als könnten sie Feuer fangen, so hell funkelten sie in den Wagenspuren. Das niedergetretene, kurze Gras rollte sich zusammen, daß es wie dürres Moos aussah, während die gelben Löwenzahnblüten, die den Anger

schmückten, sich auf ihren langen Stengeln weit entfalteten.
Da kam ein Mann in der Tracht der Bauern von Dalarne des Weges, ein Dalekarlier, wie sie mit Messern und Scheren hausierend im Land umherziehen. Er war in einen langen, weißen Schafspelz gekleidet, und auf dem Rücken trug er einen großen, schwarzen Ledersack. So war er nun schon mehrere Stunden gegangen, ohne die Hitze zu verspüren. Als er aber die Landstraße verließ und auf dem Kirchanger anlangte, dauerte es keine Minute, da mußte er schon stehenbleiben und den Hut abnehmen, um sich den Schweiß von der Stirn zu wischen.
Als der Mann so barhaupt dastand, sah er schön und klug aus. Er hatte eine hohe, weiße Stirn, tiefe Verstandesfalten zwischen den Augenbrauen und einen wohlgeformten Mund mit schmalen Lippen. Das Haar trug er in der Mitte geteilt, im Nacken war es kurz geschnitten, doch hing es mit leicht gekrausten Spitzen über die Ohren herab. Er war groß und stark gebaut, nicht derb, sondern von schönem, ebenmäßigem Wuchs. Aber er hatte einen Fehler: sein Blick war unstet. Die Augen verirrten sich immer wieder tief in die Augenwinkel hinein, als wollten sie sich dort verstecken. Um den Mund lag ein irrer oder verzerrter Zug, etwas Törichtes und Schlappes, das nicht zu ihm paßte, das nicht zu diesem Gesicht gehörte.
Aber so richtig klug konnte er doch nicht sein, da er sich am Sonntag mit diesem schweren Sack abschleppte. Wäre er bei vollem Verstand gewesen,

hätte er gewußt, daß dies keinen Sinn hatte, da er doch nichts verkaufen konnte. Unter all den anderen Dalekarliern, die durch das Land zogen, gab es keinen einzigen, der sich des Sonntags den Sack auf den Rücken lud. Da gingen sie frei und aufrecht ins Haus Gottes, wie andere Menschen auch.

Der arme Kerl hier wußte wohl gar nicht, daß Sonntag war, und merkte das erst, als er im Sonnenschein draußen auf dem Kirchplatz stand und den Gesang aus der Kirche vernahm. Aber er war doch gescheit genug, um zu begreifen, daß er an diesem Tag keinen Handel treiben konnte. Doch das bedeutete eine harte Arbeit für sein Gehirn, das sich nun ausdenken mußte, wie er diesen freien Tag zubringen sollte.

Lange Zeit stand er nur da und starrte vor sich hin. Solange alles in gewohnter Weise verlief, war es für ihn nicht schwer zurechtzukommen. Sein Zustand war nicht so schlecht, daß er nicht die ganze Woche hindurch von Hof zu Hof gehen und seinen Handel treiben konnte. Nur an den Sonntag konnte er sich nicht gewöhnen. Dieser Tag kam stets wie ein großer unerwarteter Kummer über ihn.

Die Augen standen ganz starr in seinem Gesicht, und die Stirnmuskeln schwollen an.

Das erste, was ihm sein Gehirn vorschlug, war natürlich, daß er in die Kirche eintreten und dem Gesang zuhören sollte. Aber dieser Vorschlag wurde nicht angenommen. Wohl hätte er gerne dem Gesang gelauscht, aber er wagte nicht die Kirche zu betreten. Nicht, daß er die Menschen gefürchtet hätte, aber in manchen Kirchen gab es so merkwürdige und gefähr-

liche Bilder, sie stellten Wesen dar, an die er am liebsten nicht denken wollte.
Endlich arbeitete er sich zu dem Gedanken durch, daß es hier, da dies eine Kirche war, wohl auch einen Friedhof geben müsse. Und wenn er auf einen Friedhof gehen konnte, so war er geborgen. Was es auch sein mochte, man konnte ihm nichts Besseres bieten. Immer, wenn er auf seinen Wanderungen an einem Friedhof vorbeikam, ging er, selbst mitten in der Arbeitswoche, hinein und setzte sich dort eine Weile hin.
Als er nun zum Friedhof gehen wollte, entstand plötzlich eine neue Schwierigkeit für ihn. Die Begräbnisstätte von Raaglanda liegt nämlich nicht dicht neben der Kirche, die auf einem Hügel steht, sondern auf einer Wiese, nicht weit hinter dem Gemeindehaus. Und um zum Friedhofstor zu gelangen, mußte er an den Pferden der Kirchgänger vorbeigehen, die neben dem Weg angebunden standen.
Die Pferde hatten die Köpfe alle tief in Heubündel und Hafersäcke vergraben, und sie kauten so eifrig, daß das Futter unter ihren Zähnen knirschte. Es war gar keine Rede davon, daß sie dem Mann etwas Böses antun könnten, er aber hatte seine eigenen Gedanken über die Gefahr, die ihm drohte, wenn er an dieser langen Reihe von Tieren vorbeiginge.
Zwei- oder dreimal machte er einen Versuch dazu, aber der Mut verließ ihn sogleich, und so mußte er wieder umkehren. Es war nicht die Angst, daß die Pferde ihn beißen oder nach ihm schlagen könnten. Es genügte schon, daß sie nahe genug waren, um ihn

zu sehen. Es genügte schon, daß sie mit ihren Halftern klirren und mit den Hufen die Erde scharren konnten.

Endlich kam ein Augenblick, in dem alle Pferde zu Boden schauten und um die Wette zu fressen schienen. Da begann er die Wanderung zwischen ihnen hindurch. Er zog den Pelz eng um sich, damit dessen Flattern ihn nicht verraten sollte, und er gab sich Mühe, auf den Zehenspitzen zu gehen. Wenn ein Pferd den Kopf hob und ihn ansah, blieb er sofort stehen und machte einen Knicks. Er wollte ja gerne höflich sein in dieser großen Gefahr, aber die Tiere mußten auch vernünftig sein und einsehen, daß er sich mit seinem Sack voll Eisenwaren auf dem Rücken nicht tief verbeugen konnte.

Er stieß einen tiefen Seufzer aus, denn es war doch ein recht schweres und mühseliges Leben für einen, der sich wie er so vor allen vierfüßigen Tieren fürchtete. Zwar hatte er eigentlich nur vor Ziegen Angst. Vor Pferden und Hunden und Katzen hätte er gar keine Angst gehabt, wenn er nur ganz sicher hätte sein können, daß sie nicht etwa verwandelte Ziegen waren. Aber dessen fühlte er sich nie ganz sicher. Und so war es eigentlich für ihn genau so schlimm, wie wenn er sich vor allen Vierfüßlern gefürchtet hätte.

Es hatte keinen Sinn für ihn, daran zu denken, wie stark er war und daß diese kleinen Bauernpferde doch meist ganz und gar ungefährlich waren. An so etwas kann der nicht denken, dem die Angst in der Seele lebt. Es ist etwas Schlimmes um die Angst, und es ist schwer für den, in dem sie sich festgesetzt hat.

Es war erstaunlich, daß er schließlich doch an der ganzen Reihe von Pferden vorbeikam. Das letzte Stück des Weges nahm er in zwei langen Sätzen, und als er auf dem Friedhof angelangt war, zog er das eiserne Tor hinter sich zu und drohte den Pferden mit der geballten Hand.

»Schäbige, erbärmliche, verfluchte Geißböcke!«

So machte er es bei allen Tieren, er konnte nicht anders, sondern nannte sie samt und sonders Geißböcke. Und das war sehr dumm, denn damit hatte er sich selbst einen Namen zugezogen, den er nicht haben wollte. Jeder, der ihn traf, nannte ihn Geißbock. Er aber wollte nicht so angesprochen werden. Er wollte bei seinem rechten Namen genannt sein. Doch diesen Namen schien in der ganzen Gegend kein Mensch zu kennen.

Eine Weile blieb er am Tor stehen und genoß das Gefühl, den Pferden entronnen zu sein, bald aber ging er weiter in den Friedhof hinein. Vor jedem Kreuz und jedem Grabstein blieb er stehen und machte einen Knicks. Doch jetzt geschah das nicht aus Furcht, sondern nur in der Freude des Wiedersehens mit diesen lieben alten Bekannten. Er sah auf einmal sanft und unbeschwert aus. Genau die gleichen Kreuze und Steine, wie er sie schon so oft gesehen hatte! Wie ähnlich sie einander doch waren! Wie gut er sie wiedererkannte! Er mußte sie begrüßen.

Hier, auf dem Friedhof fühlte er sich wohl. Da weideten keine Tiere, und da trieben keine Menschen ihre Späße mit ihm. Am schönsten war es jetzt, in dieser Stille und Einsamkeit, aber auch wenn Men-

schen kamen, pflegte ihn das kaum zu stören. Gewiß kannte er viele schöne Wiesen und Haine, die ihm eigentlich noch besser gefallen hätten, aber dort kam er nie zur Ruhe. Und sie ließen sich nicht mit dem Friedhof vergleichen. Der Friedhof war noch besser als sogar der Wald, denn im Wald war die Einsamkeit so groß, daß er sich vor ihr fürchtete. Hier dagegen war es still wie im tiefen Wald, und doch war er nicht ohne Gesellschaft, denn hier lagen schlafende Menschen unter jedem Stein und unter jedem Rasenhügel. Just soviel Gesellschaft wie er brauchte, um weder Einsamkeit noch Unbehagen zu empfinden.
Ohne weiteres strebte er dem offenen Grab zu. Er ging dorthin, nicht nur weil dort einige Bäume Schatten gaben, sondern auch weil er Gesellschaft suchte. Sicher glaubte er, der Tote, der erst vor so kurzer Zeit ins Grab gelegt worden war, sei vielleicht ein besserer Schutz gegen die Einsamkeit als die vor langer Zeit Entschlafenen.
Mit dem Rücken gegen den hohen Sandhaufen am Rand des Grabes gestemmt, ging er tief in die Knie nieder, und es gelang ihm dadurch, den Sack so hoch hinaufzuschieben, daß dieser gut und fest auf dem Hügel stehen blieb. Dann löste er die derben Lederriemen, mit denen der Sack befestigt war. Es war ein großer Tag, ein freier Tag, und so legte er sogar den schweren Pelz ab. Voll Behagen setzte er sich ins Gras, so nahe dem Grab, daß seine langen Beine mit den unterm Knie gebundenen Strümpfen und den derben Stiefeln in das offene Grab hinunterhingen.
Zunächst saß er lange Zeit still da und ließ den Sarg

nicht aus den Augen. Denn einer, der solche Angst in sich hat wie er, kann nie vorsichtig genug sein. Aber der Sarg rührte sich nicht im mindesten, man brauchte wirklich keinen Verdacht zu haben, daß hier etwas im Hinterhalt läge.

Als er seiner Sache sicher war, langte er in eine Seitentasche des Sackes und zog Geige und Bogen hervor. Zugleich nickte er dem Leichnam im Grab unten zu. Da er so still war, sollte er nun etwas Schönes zu hören bekommen.

Das war nämlich etwas sehr Seltenes, und es gab nicht viele, die ihn spielen hören durften. Auf den Höfen, wo man die Hunde auf ihn zu hetzen pflegte und wo man ihn den Geißbock nannte, bekam keiner ihn zu hören. Dort aber, wo man mit leiser Stimme redete und wo die Leute sich ruhig verhielten und ihn nicht fragten, ob er Ziegenfelle kaufen wolle, konnte es wohl geschehen, daß man ihm zuhören durfte.

Wie er nun so auf dem Rand des Grabes saß und spielte, klang das gar nicht so übel. Er spielte nicht einen einzigen falschen Ton, und er spielte so leise und zart, daß man es kaum bis zum nächsten Grab hören konnte.

Und seht, das Besondere an all dem war, daß es nicht der Mann, der Dalekarlier war, der spielen konnte, sondern es war seine Geige, die sich an ein paar kleine Melodien erinnerte. Die drangen aus ihr heraus, sobald er mit dem Bogen über die Saiten strich. Einem anderen hätte das vielleicht nicht viel bedeutet, für ihn aber war es die allerkostbarste Gabe, daß er eine solche Geige besaß, die von selber spielte.

Während er spielte, saß er da und strahlte und lächelte, wie einer, der dem Geplauder eines Kindes zuhört. Es war die Geige, die redete und redete, und er hörte nur zu. Es war doch zu merkwürdig, daß alle diese schönen Weisen ertönten, sobald er nur den Bogen über die Saiten führte. Das alles machte die Geige, sie wußte, wie es klingen sollte, und der Mann, er saß nur da und hörte zu.

Melodien wuchsen aus der Geige hervor, so wie das Gras aus der Erde wächst. Kein Mensch konnte begreifen, wie es zuging. Der Herrgott hatte es eben so eingerichtet.

Der Mann hatte nichts anderes im Sinn als den ganzen Tag still hier zu sitzen und die geliebten Töne wie weiße und bunte Blumen aus der Geige hervorwachsen zu lassen. Er wollte eine ganze Wiese voll Blumen spielen, wollte ein ganzes langes Tal, eine ganze weite Landschaft mit Blumen füllen.

Aber sie, die scheintot dort unten im Sarg lag, hatte das Geigenspiel wohl vernommen, und dieses übte eine wundersame Wirkung auf sie aus. Die Töne versetzten sie in einen Traum, und was sie da im Traum erblickte, erregte sie so sehr, daß ihr Herz zu klopfen anfing, ihr Blut in Bewegung geriet und sie davon erwachte.

Nun muß man aber wissen, daß alles, was sie erlebt hatte, während sie scheintot dalag, die Gedanken, die sie bewegt hatten, und auch der letzte Traum – daß dies alles vergessen und ihrem Gedächtnis entschwunden war im gleichen Augenblick, in dem sie wieder zu ihrem gewöhnlichen Bewußtsein erwachte.

Sie wußte nicht einmal, daß sie in ihrem Sarg lag, sondern vermeinte immer noch daheim und krank in ihrem Bett zu liegen.
Sie fand es nur seltsam, daß sie noch lebte. Vor kurzem, ehe sie einschlief, war sie doch mitten in der schweren Arbeit des Sterbens gewesen. Eigentlich müßte es doch längst mit ihr zu Ende sein. Sie hatte Abschied genommen von den Pflegeeltern, von den Geschwistern und vom Gesinde. Der Propst war sogar selbst gekommen, um ihr das Abendmahl zu reichen, denn ihrem Pflegevater war dies zu schmerzlich gewesen und er hatte es nicht über sich gebracht. Seit mehreren Tagen schon hatte sie ihre Gedanken von allem Irdischen abgewandt. Wie seltsam, daß sie nicht tot war.
Sie wunderte sich darüber, daß es so dunkel war in dem Zimmer, in dem sie lag. Bisher hatte nachts, während ihrer Krankheit, doch das Licht gebrannt? Und niemand hatte darauf geachtet, daß ihr die Decke herabgeglitten war. Nun lag sie da und wurde kalt wie Eis.
Sie richtete sich ein wenig auf, um die Decke heraufzuziehen. Dabei schlug sie mit der Stirn gegen den Sargdeckel und sank mit einem kleinen Schmerzenslaut wieder zurück.
Sie hatte sich ziemlich hart gestoßen und fiel gleich wieder in einen Zustand der Bewußtlosigkeit. Nun lag sie wieder unbeweglich da wie vorher, und es war, als sei das Leben von neuem aus ihr gewichen.
Der Dalekarlier, der den Stoß und den Ausruf gehört hatte, legte augenblicklich die Geige weg und begann

zu lauschen. Aber es war nichts mehr zu vernehmen, nicht das geringste. Aber nun beobachtete er den Sarg wieder so aufmerksam wie zu Anfang, als er gekommen war. Er saß da und nickte, als wollte er seine eigenen Gedanken bejahen, nämlich, daß man sich doch auf nichts in dieser Welt verlassen könne. Da hatte er nun den schweigsamsten und vortrefflichsten Kameraden gehabt, war er aber jetzt nicht auch von ihm betrogen worden?

Er starrte den Sarg an, als wollte er ihn mit seinen Blicken durchdringen. Endlich, als weiterhin alles ganz still blieb, nahm er die Geige wieder zur Hand und fing an zu spielen.

Aber jetzt wollte die Geige nicht. So sanft und einschmeichelnd er auch über die Saiten strich, es wuchsen keine Melodien mehr aus ihr hervor. Das war so traurig, daß ihm beinahe das Weinen kam. Er hatte doch vorgehabt, den ganzen Tag hierzusitzen und seiner Geige zu lauschen, und jetzt wollte sie nicht mehr. Die Ursache verstand er wohl. Die Geige war unruhig und fürchtete sich vor dem, was sich da unten im Sarg gerührt hatte. Sie hatte nun alle ihre Lieder vergessen und dachte nur noch daran, was da wohl gegen den Sargdeckel geklopft haben mochte. Denn es ist doch so: wenn man Angst hat, vergißt man alles. Er begriff, daß er die Geige beruhigen mußte, wenn er von ihr noch etwas zu hören bekommen wollte.

Es war ihm doch so gut gegangen, besser als seit vielen Jahren. Wenn sich nun wirklich in dem Sarg etwas Gefährliches befände, wäre es da nicht am besten, es

herauszulassen? Dann wäre die Geige doch zufrieden, und es könnten wieder die schönen Blumen aus ihr hervorsprießen.
Entschlossen öffnete er seinen großen Sack und suchte unter Messern, Sägen und Äxten, bis er einen Schraubenzieher fand. Und im nächsten Augenblick war er unten im Grab und begann, auf den Knien liegend, den Sargdeckel abzuschrauben.
Eine Schraube nach der andern nahm er heraus, bis er endlich den Deckel abheben und gegen die Wand des Grabes lehnen konnte. Dabei glitt auch das Schweißtuch vom Gesicht des scheintoten Mädchens herab.
Kaum aber hatte die frische Luft sie gestreift, als Ingrid die Augen aufschlug. Und jetzt war es ja hell rings um sie. Man hatte sie wohl woanders hingebracht. Sie lag jetzt in einer gelben Stube, die eine grüne Decke hatte, und an dieser Decke hing ein großer Kronleuchter.
Der Raum war eng und das Bett winzig. Warum hatte sie das Gefühl, als seien ihre Arme und Beine gefesselt? War dies geschehen, damit sie sich in dem kleinen, schmalen Bett ganz still verhalten sollte?
Wie merkwürdig, daß man ihr ein Gesangbuch unters Kinn geschoben hatte. Das tat man sonst doch nur bei Toten?
In den Händen hielt sie einen kleinen Blütenstrauß: Die Pflegemutter hatte von ihrem blühenden Myrtenstock ein paar Zweige abgeschnitten und sie ihr in die Hand gegeben. Ingrid wunderte sich. Was war denn in der Pflegemutter vorgegangen?

Sie sah, daß man ihr ein Kopfkissen mit breiten Spitzen gegeben hatte und ein Laken aus feiner Leinwand, das in schöne Falten gelegt war. Über all das freute sie sich sehr, denn sie hatte gern hübsche Sachen. Aber noch lieber wäre ihr eine warme Decke gewesen. Es konnte doch für eine Kranke nicht gut sein, so ohne Decke dazuliegen.
Ingrid war nahe daran, die Hände vors Gesicht zu schlagen und zu weinen. Sie fror so bitterlich.
Da spürte sie etwas Hartes und Kühles an ihrer Wange. Und nun lächelte sie: es war das alte rote Holzpferd, die dreibeinige Camilla, die da neben ihr auf dem Kissen lag. Lillbror – der kleine Bruder – der nachts nicht schlafen konnte, wenn das Pferdchen nicht neben ihm im Bett lag, hatte es jetzt ihr gegeben. Wie rührend lieb von ihm. Und Ingrid war jetzt erst recht nach Weinen zumute, wenn sie daran dachte, daß Lillbror sie mit seinem Holzpferd hatte trösten wollen.
Aber sie kam nicht zum Weinen. Denn auf einmal ging ihr die Wahrheit auf. Lillbror hatte ihr das Holzpferd gegeben, die Mutter ihre weißen Myrtenblüten, und das Gesangbuch hatten sie ihr unters Kinn geschoben, weil sie alle geglaubt hatten, sie sei tot.
Ingrid griff mit beiden Händen nach dem Sargrand und setzte sich auf. Das kleine schmale Bett war ein Sarg, und die kleine gelbe Kammer ein Grab. Das alles war sehr schwer zu verstehen. Sie konnte gar nicht begreifen, daß es sich um sie selbst handelte, daß sie es war, die in Tücher gehüllt und ins Grab gelegt

worden war. Denn sicher lag sie doch daheim in ihrem Bett und sah oder träumte nur all das andere? Es würde sich wohl bald zeigen, daß dies hier nicht volle Wirklichkeit war, sondern daß alles so war wie immer.

Plötzlich fand sie eine Erklärung für alles. – Ich habe doch oft so seltsame Träume, dachte sie. Das hier ist nur etwas, was ich im Traum sehe. Und sie seufzte ganz zufrieden, ja sie legte sich sogar wieder in den Sarg zurück. So vollkommen sicher war sie, daß dies ihr eigenes altes Bett sei, das ja auch gar nicht so sehr breit war.

Während dieser ganzen Zeit stand der Dalekarlier im Grabe unten, gerade zu Ingrids Füßen. Aber obwohl er gar nicht weit von ihr entfernt stand, hatte sie ihn noch nicht bemerkt. Das kam sicher daher, daß er gleich, als die Tote im Sarg die Augen aufschlug und anfing sich zu bewegen, sich in seiner Ecke zusammengeduckt und versucht hatte, sich unsichtbar zu machen. Sie hätte ihn wahrscheinlich trotz dem Sargdeckel sehen können, den er wie einen Schild vor sich hinhielt, wäre nicht über ihren Augen gleichsam noch ein weißer Nebel gelegen, so daß sie nur die allernächste Umgebung deutlich zu sehen vermochte. Ingrid hatte ja nicht einmal erkennen können, daß sie zwischen Wänden von Sand lag. Sie hatte die Sonne für einen großen Kronleuchter und das Gewölbe aus Lindenblättern für die Stubendecke gehalten.

Der arme Mann stand da und wartete nun, daß das, was sich da im Sarg bewegte, auch imstande wäre, sich davonzumachen. Er dachte gar nicht anders, als daß dieses Wesen von selber ginge. Es hatte doch geklopft, weil es herauskommen wollte. Lange Zeit stand er so da, den Kopf hinter dem Sargdeckel verborgen, in der Erwartung, daß es sich entferne. Als er meinte, es sei nun fortgegangen, lugte er hervor. Aber es hatte sich nicht gerührt, sondern lag immer noch auf seinem Bett aus Hobelspänen.

Das behagte ihm gar nicht, denn er wollte die Sache jetzt schnell beendet haben. Seine Geige hatte seit langem nicht mehr so schön gespielt wie heute, und er sehnte sich danach, in Ruhe bei ihr sitzen zu können.

Ingrid, die beinahe eingeschlummert war, hörte sich auf einmal in der singenden Mundart der Leute aus Dalarne angesprochen:

»Ich meine, es wäre jetzt an der Zeit, daß du aufstehst.« Aber kaum hatte er das gesagt, da zog er seinen Kopf auch schon wieder zurück. Er zitterte so sehr ob seiner Kühnheit, daß ihm der Sargdeckel fast aus den Händen fiel.

Doch als Ingrid einen Menschen sprechen hörte, verlor sich der weiße Nebel vor ihren Augen ganz und gar, und sie erkannte einen Mann, der am Fußende des Grabes in die Ecke gedrückt stand und einen Sargdeckel vor sich hinhielt. Und da sah sie sofort ein, daß sie sich nun nicht mehr hinlegen und dies alles für ein Traumgesicht halten konnte. Ganz sicherlich war dies eine Wirklichkeit, über die sie sich klarwerden mußte. Sie konnte nicht mehr daran zweifeln, daß der Sarg ein Sarg und das Grab ein Grab war, und daß sie, Ingrid selbst, noch vor wenigen Minuten nichts an-

deres gewesen war als ein in Tücher gehüllter und begrabener Leichnam.
Zum erstenmal befiel sie ein wahrhaftes Entsetzen vor dem, was ihr widerfahren war. Ach, nur zu denken, daß sie in diesem Augenblick wirklich tot sein könnte! Eine häßliche, schon verwesende Leiche sein könnte! Man hatte sie ins Grab gelegt, um Sand und Erde auf sie zu häufen, sie war nicht mehr wert gewesen als irgendein Klumpen Erde; man hatte sie ganz und gar verworfen. Die Würmer hätten sie ruhig fressen dürfen, kein Mensch hätte sich darum gekümmert!
In diesem Augenblick des großen Entsetzens war es Ingrid ein unendliches Bedürfnis, einen Menschen in ihrer Nähe zu haben. Sie hatte den Geißbock gleich wiedererkannt, als er seinen Kopf vorstreckte. Er war ein alter Bekannter auf dem Pfarrhof, sie fürchtete sich gar nicht vor ihm. Jetzt wollte sie ihn gerne nahe bei sich haben. Ihr machte es nichts aus, daß er nur ein Narr war. Er war doch wenigstens ein Mensch, der lebte. Sie wollte ihn ganz dicht bei sich haben, damit sie spüren konnte, daß sie zu den Lebenden gehörte und nicht zu den Toten.
»Ach, um Gotteswillen, komm doch her zu mir«, sagte sie, und das Weinen saß ihr im Halse. Sie setzte sich im Sarg auf und streckte ihm die Arme entgegen.
Aber der Dalekarlier hatte nach wie vor seine eigenen Gedanken. Wenn sie ihn so gerne zu sich hinlocken wollte, dann, so beschloß er, wollte er ihr Bedingungen stellen.

»Ich werde kommen, wenn du dann deiner Wege gehst«, sagte er.
Ingrid versuchte sofort ihm zu gehorchen und sich aus dem Sarg zu erheben, aber sie war so fest in das Laken eingehüllt, daß sie sich nur mit Mühe aufrichten konnte.
»Du mußt kommen und mir helfen«, bat sie. Sie sagte das, weil sie Angst hatte, aber auch deshalb, weil ihre Gliedmaßen starr und gefühllos waren. Sie mußte einem Menschen nahe sein, der lebte.
Er kam wirklich heran, zwängte sich zwischen Sarg und Grabeswand hindurch. Dann beugte er sich über sie, hob sie aus dem Sarg und setzte sie auf den Rasen am Rande des offenen Grabes.
Ingrid konnte nicht anders, sie schlang beide Arme um seinen Hals, legte den Kopf auf seine Schulter und schluchzte. Später begriff sie nicht, wie sie das überhaupt hatte tun können, und verstand nicht, daß sie keine Angst vor ihm gehabt hatte. Es war wohl in der Freude geschehen, in der Freude darüber, daß er ein Mensch war, ein lebendiger Mensch, und auch aus Dankbarkeit dafür, daß er sie gerettet hatte.
Lieber Gott, was wäre aus ihr geworden, wäre er nicht gewesen! Er war es, der den Sargdeckel abgehoben und sie wieder ins Leben zurückgeführt hatte. Sie wußte freilich nicht, wie es zugegangen war, aber ganz gewiß war er es gewesen, der den Sarg geöffnet hatte. Was wäre aus ihr geworden, wenn er das nicht getan hätte? Sie wäre aufgewacht, eingesperrt in dem schwarzen Sarg. Sie hätte geklopft, gerufen. Wer aber hätte sie dort gehört, wo sie lag, sechs Fuß tief unter

der Erde? Ingrid wagte nicht sich das auszudenken, sie ging nur ganz auf in Dankbarkeit über ihre Rettung. Sie mußte jemand haben, dem sie danken konnte. Sie mußte ihren Kopf einem Menschen auf die Schulter legen und vor Dankbarkeit weinen.

Daß der Dalekarlier sie nicht von sich stieß, war wohl das Merkwürdigste von allem, was sich an diesem Tag zutrug. Vielleicht war er sich nicht ganz klar darüber, ob nicht doch eine Tote vor ihm stand, und wußte nur, daß man sich Toten lieber nicht widersetzen sollte. Aber er machte sich doch so bald wie möglich von ihr frei und stieg wieder ins Grab hinunter. Dort legte er den Deckel auf den Sarg, setzte die Schrauben ein und zog sie fest, so wie sie vorher gewesen waren. Jetzt würde der Sarg wohl ganz still bleiben und die Geige ihre Ruhe und ihre Melodien wiederfinden.

Unterdessen saß Ingrid im Gras und versuchte zu überlegen. Sie schaute zur Kirche hinüber und sah die Pferde und die Fuhrwerke an der Straße. Und nach und nach verstand sie den Zusammenhang. Es war Sonntag, man hatte sie am Morgen begraben, und jetzt saßen die Leute in der Kirche.

Da aber packte Ingrid ein großer Schrecken. Der Gottesdienst war vielleicht bald zu Ende, und dann kamen die Leute und sahen sie. Und sie hatte doch nichts an, nichts außer einem Laken! Sie war ja beinahe nackt und bloß. Wie furchtbar, wenn nun all die Menschen kämen und sie so sähen! Das würden sie nie vergessen. Und sie müßte sich ihr Leben lang dafür schämen.

Wo aber sollte sie Kleider hernehmen? Einen Augenblick dachte sie daran, in den Pelz des Dalekarliers zu schlüpfen, dann aber fand sie, daß sie darin erst recht nicht wie ein gewöhnlicher Mensch aussähe.

Rasch wandte sie sich an den Verrückten, der noch mit dem Sargdeckel beschäftigt war.

»Hör einmal, du«, sagte sie zu ihm, »du mußt mich in deinen Sack kriechen lassen.«

Und schon stand sie bei dem großen ledernen Sack, in dem die Waren einer ganzen Marktbude Platz hatten, und fing an ihn aufzubinden.

»Ach du, komm doch und hilf mir!«

Sie brauchte nicht lange zu bitten. Als der Dalekarlier sah, daß sie sich an seinem Sack zu schaffen machte, kam er sofort aus dem Grab gestiegen.

»Warum rührst du meinen Sack an, du?« sagte er drohend.

Ingrid bemerkte nicht, daß seine Stimme jetzt hart klang, sie betrachtete ihn immer noch als ihren besten Freund.

»Ach, lieber, lieber Mann«, sagte sie, »hilf mir doch, daß die Menschen mich nicht sehen können, wenn sie jetzt kommen! Leere doch die Sachen da irgendwohin und laß mich in den Sack schlüpfen und trag mich heim! Ach tu es doch, tu es doch! Ich bin vom Pfarrhof und der ist nur ein kleines Stück weit von hier. Du weißt, wo er liegt.«

Der Mann stand da und sah sie mit ganz stumpfen Augen an. Sie wußte nicht, ob er auch nur ein Wort von dem verstand, was sie sagte.

Sie wiederholte ihre Bitte, aber er machte keine Miene, ihr zu gehorchen.

Da fing sie wieder an, die Gegenstände aus dem Sack auszuleeren. Jetzt aber stampfte er wütend auf und riß den Sack an sich.
Lieber Gott, was sollte sie tun, damit er ihr gehorchte? Neben ihr im Gras lagen eine Geige und ein Bogen. Sie hob sie auf, ohne zu wissen, warum. Sie war wohl viel mit Geigenspielern zusammengewesen und konnte es nicht mit ansehen, daß ein Instrument so auf der Erde lag.
Kaum aber rührte sie die Geige an, da ließ er den Sack los und entriß sie ihr.
Es schien ihn wütend zu machen, daß sie seine Geige anfaßte. Sein Gesicht war ganz verzerrt.
Was in aller Welt sollte sie tun, damit sie von hier wegkam, ehe die Leute die Kirche verließen?
Sie fing an, ihm alles mögliche zu versprechen, so wie man Kindern etwas verspricht, damit sie artig sind.
»Ich werde dem Vater sagen, daß er dir ein ganzes Dutzend Sensen abkaufen soll. Ich werde alle Hunde einsperren, wenn du auf den Pfarrhof kommst. Ich will die Mutter bitten, daß sie dir etwas Gutes zu essen gibt.«
Aber kein Anzeichen ließ erkennen, daß er nachgeben wollte.
Da fiel ihr die Geige ein, und in ihrer Verzweiflung sagte sie:
»Wenn du mich auf den Pfarrhof trägst, werde ich dir etwas vorspielen.«
Da erst flog ein Lächeln über sein Gesicht. Das war es wohl, was er gerne wollte.

»Ich werde dir den ganzen Nachmittag vorspielen, ich werde spielen, so lange du nur willst.«
»Wirst du die Geige neue Lieder lehren?« fragte er.
»Ja, sicher werde ich das.«
Erstaunt und zugleich verzagt sah Ingrid nun, wie er mit starkem Griff den Sack packte und ihn über die Gräber hinwegschleifte, daß Pfennigkraut und Aberraute, die dort wuchsen, wie von einer Ackerwalze niedergedrückt wurden.
Er schaffte ihn zu einem Haufen aus dürrem Laub, Reisig und alten Blumensträußen bei der Kirchhofsmauer. Hier nahm er alles aus dem Sack heraus und versteckte es gut unter dem Reisighaufen.
Dann kam er mit dem leeren Sack zu Ingrid zurück.
»Jetzt kannst du hineinsteigen«, sagte er.
Ingrid kroch hinein und kauerte auf dem Holzboden des Sackes nieder. Der Mann schnallte alle Riemen sorgfältig zusammen, genau wie sonst, wenn er mit seinen gewöhnlichen Waren umherwanderte, dann bog er sich weit nach hinten, bis er fast in die Knie sank, schob die Arme durch die Tragriemen, band noch ein paar Riemen kreuzweise über der Brust zusammen und richtete sich wieder auf. Als er einige Schritte gegangen war, fing er zu lachen an, denn der Sack auf seinem Rücken war so leicht, daß er damit hätte tanzen können.

Es war nicht mehr als eine Viertelmeile von der Kirche bis zum Pfarrhof. Ein Weg, den der Dalekarlier in zwanzig Minuten zurücklegen konnte. Ingrid hatte nur den einen Wunsch, er möchte doch schnell genug gehen, damit sie noch vor den Kirchgängern und den Gästen zum Leichenschmaus daheim wäre. Der Gedanke, daß so viele Leute sie sehen sollten, war ihr unerträglich. Am besten wäre es, wenn sie auf den Hof kämen, solange ihre Pflegemutter und die Mägde noch allein waren.

Ingrid hatte den kleinen Blütenstrauß vom Myrtenstock ihrer Pflegemutter mitgenommen. Sie freute sich so sehr über ihn, daß sie ihn immer wieder küßte. Und sie dachte nun viel freundlicher über die Pflegemutter als je zuvor. Doch wahrscheinlich hätte sie jetzt überhaupt viel freundlicher über sie gedacht. Wer geradewegs aus dem Grab kommt, hat doch lauter freundliche und helle Gedanken über alles, was da auf Erden ist und lebt.

Jetzt verstand sie so gut, daß die Pfarrersfrau die andern Kinder, die doch ihre eigenen waren, viel mehr liebte als sie die Pflegetochter lieben konnte. Da die Pfarrersleute so arm waren, daß sie kein Kindermädchen halten konnten, fand sie es jetzt ganz in der Ordnung, daß man sie dazu angestellt hatte, die kleinen Geschwister zu hüten. Und wenn dann die Geschwister nicht gut zu ihr waren, so kam das nur daher, daß diese sich daran gewöhnt hatten, in ihr eine Magd zu sehen. Die Kinder dachten eben nicht immer daran, daß sie als ihre Schwester im Pfarrhof aufgenommen worden war.

Im Grunde hing alles mit der Armut zusammen. Wenn der Vater einmal ein anderes Amt bekäme, wenn er Propst würde oder erster Pfarrer im Kirchspiel, dann wäre sicher alles gut. Dann käme auch für sie jene erste Zeit zurück, in der alle sie lieb gehabt hatten. Ja, sicher wäre dann alles wieder so wie früher! Ingrid küßte ihre Blumen. Die Mutter hatte vielleicht gar nicht hart sein wollen. Es war nur die Armut, die sie so seltsam böse machte.

Aber von nun an wollte sie sich nicht mehr grämen, gleichviel wie man auch gegen sie sein würde. Nichts sollte sie mehr traurig machen, denn jetzt wollte sie nur froh darüber sein, daß sie lebte. Und sollte es doch wieder einmal schwer werden, so wollte sie nur an Mutters Myrtenblüten und Lillbrors Pferd Camilla denken.

Es war ja schon Freude genug, daß sie hier nun lebendig dahingetragen wurde. Heute morgen hätte niemand gedacht, daß sie je wieder über diese Wege und Hänge gehen sollte. Und duftender Klee, und Vögel, die sangen, und schöne schattige Bäume, all das, woran die Lebenden sich erfreuen durften, war ihr nicht mehr vergönnt gewesen.

Aber es blieb ihr nicht viel Zeit zum Denken, denn der Dalekarlier langte bald auf dem Pfarrhof an.

Dort war nur die Pfarrersfrau mit den Mägden daheim, so wie Ingrid es sich gewünscht hatte. Der ganze Vormittag war für die Pfarrerin mit den Vorbereitungen für den Leichenschmaus hingegangen. Jetzt wartete sie nur noch auf die Gäste, denn es war alles so gut wie bereit. Soeben kam sie aus der Schlafkammer, wo sie ihr gutes schwarzes Kleid angelegt hatte.

Sie schaute auf die Straße hinaus, die von der Kirche herführte, aber dort waren noch keine Fuhrwerke zu sehen. Da benützte sie die Zeit, um noch einmal in die Küche hinauszugehen und die Speisen zu kosten. Sie war recht zufrieden, denn alles war gut geglückt, und darüber muß man sich doch freuen dürfen, selbst wenn man Trauer hat. In der Küche war gerade nur eine der Mägde, sie stammte aus dem Heim der Pfarrersfrau, die darum gerne etwas vertrauter mit ihr redete.

»Ich muß doch sagen, Lisa«, begann sie, »mit so einem Leichenschmaus kann wahrlich jeder zufrieden sein.«

»Ich wollte, sie könnte auf die Erde herunterschauen und sehen, welche Mühe sich die Frau Pfarrer um ihretwillen macht«, sagte Lisa. »Das müßte sie doch freuen.«

»Ach«, meinte die Pfarrerin, »über mich würde sie sich wohl nie freuen.«

»Sie ist ja nun tot«, bemerkte die Magd, »und ich will nichts sagen über jemand, der noch kaum unter der Erde liegt.«

»Ich habe oft genug harte Worte von meinem Mann hören müssen, um ihretwillen«, erzählte nun die Pflegemutter.

Es war der Pfarrersfrau ein Bedürfnis, sich mit jemand über die Verstorbene auszusprechen. Ihr schlug jetzt das Gewissen, und darum auch hatte sie nun für eine schöne Trauerfeier gesorgt. Sie meinte, die Gewissensbisse müßten über all den Anstrengungen für die Begräbnisfeier nachlassen. Das hatten sie aber durchaus nicht getan. Und ihr Mann machte sich schwere Vorwürfe und sagte, sie hätten das Mädchen nicht so gehalten wie ein eigenes Kind, was sie doch eigentlich versprochen hatten, als sie Ingrid bei sich aufnahmen. Und er sagte, sie hätten sie lieber nie zu sich nehmen sollen, da Ingrid doch stets habe merken müssen, daß ihnen die eigenen Kinder näherstanden. Nun mußte sich die Pflegemutter mit jemand über das junge Mädchen aussprechen, um zu erfahren, ob die Leute etwa der Meinung seien, sie hätte sie schlecht behandelt.

Sie sah, wie Lisa auf einmal heftig in einem Topf zu rühren begann, als könne sie ihre Entrüstung kaum zurückhalten. Die Magd war ein kluges Ding, das genau verstand, auf welche Weise es sich bei seiner Herrin einschmeicheln konnte.

»Man sollte doch meinen«, fing sie an, »daß man einer Mutter, die so für einen sorgt und auf Gesundheit und Reinlichkeit achtet, gerne gehorchen und ihr alles zuliebe tun müßte. Und wenn man in einem guten Pfarrhaus sein darf und zu etwas Besserem erzogen wird, da sollte man sich doch wirklich nützlich machen und nicht immer den Kopf voll dummer Gedanken haben und verträumt dahinleben. Ich möchte bloß wissen, wie es gegangen wäre, wenn der Herr Pastor sich nicht dieses armen Kindes angenommen hätte. Da wäre sie wahrscheinlich mit den Seiltänzern weiter herumgezogen und schließlich als Landstreicherin auf der Straße gestorben.«

In diesem Augenblick kam ein Dalekarlier über den Hofplatz auf das Haus zu, einer, der trotzdem es Sonntag war, den Sack auf dem Rücken trug. Ganz still trat er durch die Küchentür ein und knickste, obwohl niemand seinen Gruß erwiderte. Die Hausfrau und die Magd sahen ihn an, aber als sie ihn erkannten, ließen sie sich in ihrem Gespräch nicht durch ihn stören.

Die Pfarrersfrau vor allem wollte jetzt noch mehr erfahren. Sie merkte, daß sie nun gerade das zu hören bekommen sollte, was ihr zur Erleichterung ihres Gewissens not tat.

»Vielleicht ist es ganz gut, daß sie weg ist«, meinte sie.

»Das muß ich sagen, ich glaube, der Pastor denkt auch so, oder zum mindesten wird er bald so denken. Denn Sie werden sehen, Frau Pastor, jetzt kommt Frieden ins Haus und darüber wird er froh sein.«

»Ach ja«, sagte die Pflegemutter, »was blieb mir denn anderes übrig als dafür zu sorgen, daß nicht so übertrieben wurde. Immerzu sollten Kleider für sie angeschafft werden, das ging doch wirklich zu weit. Und wie besorgt war er darum, daß sie genau so viel bekäme wie die andern! Das führte so weit, daß sie dadurch manchmal sogar mehr bekam. Und man brauchte doch viel Stoff für sie, weil sie schon erwachsen war.«

»Werden Sie jetzt Greta das Kleid aus Nesselstoff geben, Frau Pastor?«

»Ja, entweder gebe ich es Greta, oder aber ich behalte es für mich selbst.«

»Viel läßt sie ja nicht zurück, die Arme.«

»Es verlangt wohl niemand von ihr, daß sie eine Erbschaft hinterlassen sollte«, sagte die Pflegemutter.

»Es wäre schon genug, wenn man sich nur an ein gutes Wort von ihr erinnern könnte.«

Das war nur eine jener Redensarten, wie man sie im Munde führt, wenn man Gewissensbisse hat und sich dagegen verteidigen will. In Wirklichkeit meinte es die Pflegemutter ganz anders.

Der Dalekarlier benahm sich genau wie sonst, wenn er kam, um seine Waren anzubieten. Eine Weile stand er da und sah sich in der Küche um, dann schob er langsam und gemächlich den Sack auf den Tisch und löste die Tragriemen. Schaute dann wieder umher, um ganz sicher zu sein, daß ihn weder Hund noch Katze überfallen würden, richtete sich wieder auf und öffnete die beiden Lederklappen, die mit unzähligen Schnallen und Knoten verschlossen waren.

»Spar dir die Mühe mit deinem Sack«, sagte Lisa. »Heute ist Sonntag, da weißt du doch, daß wir nichts kaufen!«

Als der Närrische trotzdem fortfuhr, die Riemen zu lösen, kümmerte sie sich nicht weiter darum, sondern wandte sich wieder der Pfarrersfrau zu. Hier war eine gute Gelegenheit, sich bei ihr in Gunst zu setzen.

»Ich weiß nicht einmal, ob sie gut gegen die Kinder war? Man hörte doch recht oft Geschrei und Weinen aus der Kinderstube.«

»So wie sie gegen ihre Mutter war, so war sie auch gegen die Kinder«, sagte die Pfarrerin, »aber jetzt weinen sie natürlich, weil sie tot ist.«

»Sie wissen eben nicht, was gut für sie ist«, meinte die Magd, »aber da könnnen Sie sicher sein, Frau Pastor, in einem Monat wird keiner mehr um sie weinen.«

Sie standen beide am Herd, aber in diesem Augenblick drehten sie sich gleichzeitig um und sahen zum

Tisch hin, wo der Dalekarlier stand und seinen Sack aufmachte. Sie hatten einen seltsamen Laut gehört, wie einen Seufzer oder ein Schluchzen. Der Mann schlug gerade die innere Klappe zurück, und aus dem Sack erhob sich die vor kurzem beerdigte Pflegetochter, genau so wie sie sie in den Sarg gelegt hatten. Und doch war sie auch wieder nicht die gleiche. Jetzt erst sah sie richtig tot aus, weit mehr als vorher, als man sie in den Sarg legte. Denn da hatte sie noch beinahe die gleiche Farbe gehabt wie im Leben. Jetzt dagegen war das Gesicht gespenstisch bleich, mit blauschwarzen Lippen und unheimlich tiefliegenden Augen.

Sie sagte nichts, aber auf ihrem Gesicht stand eine große Verzweiflung zu lesen, und das Myrtensträußchen, das ihr die Pflegemutter mitgegeben hatte, hielt sie dieser jetzt mit vorwurfsvoller Gebärde entgegen. Das war kein Anblick, den ein Mensch ertragen konnte. Die Pflegemutter wurde sofort ohnmächtig, die Magd stand einen Augenblick still, sah die Tochter und die Mutter an, dann schlug sie die Hände vors Gesicht, lief in die Küchenkammer nebenan und riegelte die Tür sorgsam hinter sich zu.

»Nein«, sagte sie, »mir gilt das nicht, da brauche ich nicht dabei zu sein.«

Ingrid aber wandte sich um und sagte zu dem Dalekarlier:

»Schließ mich wieder in deinen Sack ein und trag mich weg von hier! Hörst du! Hörst du! Trag mich weg von hier! Trag mich dorthin zurück, wo du mich gefunden hast!«

Zufällig warf der Dalekarlier einen Blick zum Fenster hinaus. Da sah er eine lange Reihe von Wagen und Fuhrwerken durch die Allee auf den Hof kommen. Jaso, jaso, da wollte er nicht mehr länger hierbleiben. So etwas mochte er gar nicht.
Ingrid kroch in den Sack und duckte sich auf dem Boden zusammen, sie fragte nach nichts mehr, sondern schluchzte nur. Klappen und Riemen wurden zugeschnürt, und dann wurde sie wieder auf den Rücken gehoben und fortgetragen. Die Gäste, die zum Leichenschmaus kamen, lachten laut über den Geißbock, wie er eilends dahinging und immer wieder knickste, vor jedem Pferd, an dem er vorüberkam.

Fünftes Kapitel

Mutter Anna Stina war eine alte Frau, die tief drinnen im Wald wohnte. Sie pflegte auf den Pfarrhof zur Aushilfe zu kommen. Wie gerufen stieg sie jedesmal ins Tal herab, wenn dort gerade Brot gebacken oder Wäsche gewaschen werden sollte. Sie war eine gutmütige und gescheite alte Frau, und sie und Ingrid waren gute Freunde gewesen. Sobald nun das Mädchen wieder einen Gedanken fassen konnte, beschloß sie, bei ihr Zuflucht zu suchen.

»Hör zu«, sagte sie zu dem Dalekarlier, »wenn du auf die Landstraße kommst, sollst du in den Wald einbiegen. Geh dann immer geradeaus, bis du auf einen Weg triffst. Dort mußt du dich nach links halten. Dann gehst du wieder geradeaus, bis du an eine große Sandgrube kommst. Von dort aus kannst du ein kleines Haus sehen, dahin sollst du mich tragen, und dort werde ich dir vorspielen.«

Der kurze, barsche Ton, in dem sie dies befahl, tat ihr selber in den Ohren weh. Aber sie mußte ja so sprechen, er hätte ihr sonst nicht gehorcht. Sie war freilich gerade die Richtige, um einem anderen Menschen Befehle zu geben, sie, die nicht einmal das Recht zum Leben hatte!

Nie wieder würde sie sich jetzt zum Leben berechtigt

fühlen. Das war das Schrecklichste an ihrem Erlebnis. Sechs Jahre lang hatte sie auf dem Pfarrhof gelebt und nicht einmal soviel Liebe bei den Menschen dort für sich erwecken können, daß man sie wieder zum Leben zurückgewünscht hätte. Und einer, der von niemand geliebt wird, hat kein Recht zum Leben.

Sie hätte nicht sagen können, woher sie wußte, daß es sich so verhielt, aber es war ganz sicher so. Sie wußte es, denn als sie hörte, daß keiner sie liebte, hatte eine eiserne Hand um ihr Herz gefaßt und es zusammengepreßt, um es zum Stillstehen zu zwingen. Ja, es war das Leben selber, das ihr verwehrt wurde. Und noch im gleichen Augenblick, in dem sie, vom Tod zurückgekehrt, die Lebenslust hoch und kühn in sich aufflackern spürte, war ihr das einzige, was dem Menschen das Recht zum Leben gibt, geraubt worden.

Das war schlimmer als ein Todesurteil. Das war viel grausamer als ein Todesurteil. Sie wußte, womit es zu vergleichen war. Mit einem Baum, der gefällt wurde, aber nicht auf die gewöhnliche Art, indem man den Stamm mit der Axt fällte, sondern indem man die Wurzel abschlug. Da steht der Baum und begreift nicht, warum er keine Nahrung und keinen Saft mehr bekommt. Er kämpft und müht sich, um zu leben, aber die Blätter werden immer kleiner, es treiben keine neuen Schößlinge hervor, die Rinde schrumpft ein. Und er muß sterben, weil er von der Lebensquelle abgetrennt wurde. So ist es, er muß sterben.

Endlich stellte der Dalekarlier den Sack auf der stei-

nernen Schwelle einer kleinen Hütte ab, die mitten im wilden Wald stand.
Die Türe war verschlossen, aber Ingrid, die aus dem Sack herausgekrochen war, holte den Schlüssel unter der Schwelle hervor und trat ins Haus ein.
Sie kannte die Hütte genau und alles, was darin war. Es war nicht das erstemal, daß sie hierherkam, um Trost zu finden. Es war nicht das erstemal, daß sie zu der alten Anna Stina kam, um ihr zu erzählen, wie sie es daheim nicht mehr aushalte, weil die Pflegemutter so hart gegen sie sei, daß sie nicht mehr auf den Pfarrhof zurückkehren wolle.
Aber jedesmal hatte die alte Frau ihr gut zugeredet. Sie hatte ihr einen schauderhaften Kaffee gekocht, in dem nicht eine einzige Bohne gewesen war, sondern nichts als Erbsen und Zichorie, der ihr aber trotzdem wieder Mut gemacht hatte. Und schließlich hatte sie sie so weit aufgeheitert, daß sie über alles lachen konnte und froh und unbeschwert über die waldigen Hänge heimwärts gelaufen war.
Aber diesmal hätte es Ingrid wohl nicht viel geholfen, selbst wenn Mutter Anna Stina daheim gewesen wäre und ihren fürchterlichen Kaffee gekocht hätte. Doch die Alte war drunten auf dem Pfarrhof bei dem Leichenschmaus für Ingrid, denn die Pfarrerin hatte nicht versäumt, alle jene einzuladen, die die Tochter gern gehabt hatten. Das hing wohl auch mit ihrem schlechten Gewissen zusammen.
Drinnen in der Stube der alten Anna war alles unverändert. Und als Ingrid die Sofabank mit der hölzernen Lade und den blankgescheuerten Tisch sah, und

die Katze und den Kaffeekessel, da fühlte sie sich zwar noch keineswegs getröstet und aufgemuntert, aber sie erkannte doch, daß sie sich an einem Ort befand, an dem sie ihrem Kummer freien Lauf lassen durfte.

Es war ihr schon ein Trost, daß sie an nichts anderes zu denken brauchte, sondern ungehindert weinen und klagen durfte.

Sie ging gleich auf die Sofabank zu, warf sich darauf und lag da und weinte, sie wußte nicht wie lange.

Unterdessen saß der Dalekarlier draußen auf der steinernen Schwelle, da er wegen der Katze nicht gerne in die Stube kam. Er hoffte, Ingrid werde herauskommen und ihm vorspielen. Die Geige hatte er schon lange hervorgeholt. Als Ingrid nun immer noch nicht kam, fing er selbst zu spielen an.

Er spielte leise und zart, wie es seine Art war. Die Töne drangen kaum bis zu dem Mädchen hinein. Ingrid fühlte, wie ihr ein Schauder nach dem andern durch den Körper lief. Genauso hatte sie es auch verspürt, als sie damals krank geworden war. Sie dachte, daß sie auch jetzt wieder krank werde. Es wäre wohl auch das beste, wenn das Fieber sie wieder packte und sie wirklich tötete.

Als das Geigenspiel an ihr Ohr drang, setzte sie sich auf und schaute verwirrt um sich. Wer spielte denn da? War das ihr Student? War er nun endlich gekommen?

Doch sie begriff rasch, daß dies wahrscheinlich der Dalekarlier war, und legte sich mit einem Seufzer wieder zurück.

Sie vermochte nicht dem Spiel zu folgen. Sobald sie aber die Augen schloß, bekam die Geige die Stimme des Studenten. Sie hörte auch, was er sagte. Er redete mit ihrer Pflegemutter und verteidigte Ingrid. Er sprach genau so schön wie damals, als er mit Herrn und Frau Blomgren redete.
Ingrid brauche so viel Liebe, sagte er. Das sei es, was sie entbehrt habe. Und das sei auch der Grund, weshalb sie nicht ihre Pflichten erfüllt, sondern sich von ihren Träumen habe ablenken lassen. Aber keiner könne ahnen, wie sie zu arbeiten und zu schaffen vermöge für den, der sie liebe. Für den würde sie Kummer und Krankheit, Verachtung und Armut ertragen. Für den wäre sie stark wie ein Riese und geduldig wie ein Sklave.
Ingrid hörte deutlich, wie er redete, und es kam Ruhe über sie. Ja, freilich war das wahr. Wenn die Pflegemutter sie nur lieb gehabt hätte, da hätte sie sehen können, was Ingrid alles vermochte. Da sie sie aber nicht liebte, war Ingrid wie mit Ohnmacht geschlagen. Ja, wirklich, so war es.
Sie spürte die Fieberschauer gar nicht mehr. Sie lag nur da und hörte zu, wie der Student sprach.
Ab und zu schlief sie wohl auch eine Weile, denn immer wieder vermeinte sie im Grab zu liegen, und da war es jedesmal der Student, der kam und sie aus dem Sarg hob. Sie lag da und stritt mit ihm darüber.
»Jetzt, da ich träume, bist du es, der kommt«, sagte sie.
»Es bin immer ich, der kommt und dir hilft, Ingrid«, erwiderte er. »Das weißt du doch. Ich hebe dich aus

dem Grab, ich trag dich auf meinen Schultern, ich spiele, damit du ruhig wirst. Das bin immer ich.«
Was sie aber jedesmal wieder störte und weckte, war der Gedanke, daß sie aufstehen und dem Dalekarlier etwas vorspielen müßte. Ein paarmal versuchte sie sich aufzurichten, aber es fehlte ihr die Kraft dazu. Und wenn sie dann wieder auf die Bank zurücksank, träumte sie. Dann saß sie zusammengekauert im Sack, und der Student trug sie durch den Wald. Immer war er es.
»Aber du warst es doch gar nicht«, sagte sie zu ihm.
»Freilich war ich es«, erwiderte er und lächelte, weil sie ihm widersprach. »Du hast doch in all diesen Jahren tagtäglich an mich gedacht. Da mußt du doch verstehen, daß ich gar nicht anders konnte, ich mußte dir helfen in einer so großen Gefahr.«
Das wiederum fand sie ganz selbstverständlich, und so sah sie allmählich ein, daß er recht hatte, und daß er es wirklich gewesen war.
Darin aber lag eine solche Glückseligkeit, daß sie davon wieder aufwachte. Da war die Liebe und durchbebte ihr ganzes Wesen. Sie hätte nicht wirklicher sein können, selbst wenn Ingrid den Liebsten gesehen und gesprochen hätte.
»Warum kommt er denn nie in Wirklichkeit?« fragte sie leise. »Warum kommt er immer nur in meinen Träumen?«
Sie wagte keine Bewegung zu machen, aus Furcht, das Gefühl der Liebe könnte sich dadurch verflüchtigen. Es war, als habe sich ein scheuer Vogel auf ihre Schulter gesetzt, und sie hatte Angst, ihn zu verscheuchen.

Wenn sie sich bewegte, würde der Vogel fortfliegen und der Kummer Gewalt über sie erlangen.
Als sie endlich richtig wach wurde, herrschte in der Stube schwaches Dämmerlicht. Also hatte sie wohl den ganzen Nachmittag und Abend geschlafen. Denn um diese Jahreszeit wurde es erst gegen zehn Uhr abends dämmerig.
Auch das Geigenspiel hatte aufgehört, der Dalekarlier war wohl seiner Wege gegangen.
Mutter Anna Stina war noch nicht gekommen. Sicher blieb sie die Nacht über weg.
Das machte dem Mädchen nichts aus, sie wollte nichts weiter als nur daliegen und wieder schlafen dürfen. Sie fürchtete sich vor all dem Kummer und der Verzweiflung, die sie überfielen, sobald sie wach war.
Da aber taten sich neue Fragen für sie auf. Wer hatte die Türe verschlossen, wer hatte Anna Stinas großen Schal über sie gebreitet und wer hatte ein Stück Brot neben sie auf die Bank gelegt?
Hatte er all das für sie getan, der Geißbock?
Für einen Augenblick meinte sie Traum und Leben nebeneinander stehen zu sehen, wie sie darin wetteiferten sie zu trösten. Und der Traum stand sonnig und lachend da und überschüttete sie mit der Glückseligkeit der Liebe, um sie aufzumuntern. Aber auch das armselige, rauhe und harte Leben brachte eine kleine Gabe der Freundlichkeit dar, um zu zeigen, es meine es nicht so böse mit ihr, wie es noch vor kurzem den Anschein gehabt hatte.

Sechstes Kapitel

Ingrid und Mutter Anna Stina gingen durch den dunklen Wald. Vier Tage lang waren sie so gewandert, und drei Nächte hatten sie in Sennhütten geschlafen. Ingrid war müde und erschöpft, ihr Gesicht leuchtete in durchsichtiger Blässe, die Augen waren eingesunken und glänzten im Fieber. Die alte Anna Stina warf heimlich von Zeit zu Zeit einen besorgten Blick auf sie und betete zu Gott, er möge die Kräfte des Mädchens doch erhalten, damit sie nicht hier auf einem Mooshügel zusammensinke und sterbe. Und immer wieder mußte die Alte sich mit einem scheuen Blick umsehen. Sie hatte das unsichere Gefühl, daß der alte Vater Tod hinter ihnen durch den Wald schleiche, um sie wieder zu holen, die ihm durch das Wort Gottes und durch die ihr ins Grab nachgeworfene Erde vermählt worden war.

Die alte Anna Stina war klein und breit und hatte ein großes, viereckiges Gesicht, das so klug aussah, daß es dadurch schön wurde. Sie war nicht abergläubisch, sie wohnte allein mitten im Wald, ohne Furcht vor Trollen oder anderen Geistern, aber während sie neben Ingrid ging, fühlte sie es so sicher, als hätte einer ihr's gesagt, daß sie neben einem Menschen ging, der dieser Welt nicht angehörte. Dieses Gefühl hatte sie schon überkommen, als sie Ingrid am Montagmorgen in ihrer Hütte fand.

Sie war an jenem Sonntagabend nicht heimgekommen, denn unten im Pfarrhof war die Pfarrersfrau gefährlich erkrankt, und Mutter Anna Stina, die eine gute Hand mit Kranken hatte, war geblieben, um bei ihr zu wachen. Die ganze Nacht hatte sie die Pfarrersfrau in ihren Phantasien davon reden hören, daß Ingrid sich gezeigt habe. Aber die Alte hatte das nicht geglaubt. Als sie dann endlich heimkam und das Mädchen wirklich sah, wollte sie gleich wieder auf den Pfarrhof zurückgehen und allen dort sagen, daß es kein Gespenst gewesen sei, was sie gesehen hätte. Aber Ingrid war darüber in einen solchen Zustand geraten, daß sie es doch nicht gewagt hatte. Das Leben schien in dem Mädchen zu erlöschen wie das flakkernde Licht einer Kerze, das vom Windstoß bedroht ist. Es hätte so leicht geschehen können, daß sie starb wie ein Vogel im Käfig. Der Tod war hinter dem Mädchen her, man mußte achtgeben auf sie und vorsichtig sein, wollte man sie am Leben erhalten.

Die Alte wußte selbst nicht so ganz sicher, ob Ingrid nicht doch nur ein wiedergekehrter Geist war, so wenig Leben schien in dem Mädchen zu sein. Sie gab es ganz auf, ihr Vernunft zuzureden, jetzt galt es nur, ihr den Wunsch zu erfüllen: niemand sollte erfahren, daß sie lebte. Und so dachte die Greisin darüber nach, was nun am besten zu geschehen hätte. Da erinnerte sie sich ihrer Schwester, die auf einem großen Gut in Dalarne als Haushälterin diente, und sie beschloß, mit Ingrid zu Schwester Stava zu gehen und sie zu

bitten, dem Mädchen eine Stelle auf dem Herrenhof zu verschaffen. Ingrid mußte sich eben damit begnügen, eine geringe Dienstmagd zu werden. Da blieb nichts anderes übrig.
Und jetzt also waren sie auf dem Weg zu jenem Herrenhof. Mutter Anna Stina kannte die ganze Gegend so genau, daß sie nicht auf der Landstraße zu gehen brauchten, sondern einsame Waldpfade benützen konnten. Dabei aber richteten sie sich übel zu. Ihre Schuhe waren schiefgetreten und zerrissen, die Kleider schmutzig und ausgefranst. Ein kleiner boshafter Tannenzweig hatte in Ingrids Jackenärmel einen langen Riß geschlitzt.
Am Abend des vierten Tages langten sie auf einem Waldhang an, von dem aus sie in ein tiefes Tal blicken konnten. Dort drunten auf dem Talboden lag ein See, und darin, nahe dem Ufer, war eine hügelige Insel, auf der ein weißes Herrenhaus stand. Als Mutter Anna Stina den Herrenhof sah, erklärte sie Ingrid, dies sei Munkhyttan, wo ihre Schwester diene.
Nun versuchten sie sich dort oben am Waldhang schönzumachen. Sie banden Kopftücher um, säuberten die Schuhe mit Moosbüscheln und wuschen sich in einem kleinen Waldbach. Und Mutter Anna Stina versuchte in Ingrids Jackenärmel eine Falte zu legen, damit man den Riß nicht sehen sollte.
Die Greisin seufzte, als sie Ingrid betrachtete, und verlor fast den Mut. Nicht nur, daß das Mädchen so sonderbar aussah in den Kleidern, die sie ihr geliehen hatte und die ihr so gar nicht passen wollten. Sie fürchtete auch, Schwester Stava würde sie wohl über-

haupt nie in ihre Dienste nehmen, so schwach wie Ingrid aussah. Es war nicht anders, als wollte man einen Windhauch dingen. Das Mädchen konnte wohl nicht mehr Arbeit leisten als ein kranker Schmetterling.
Als sie fertig waren, gingen sie den Hang hinunter zum See. Es war nur eine kurze Strecke. Dann befanden sie sich schon auf Gebiet, das zum Herrenhof gehörte.
Ja, aber was für ein Herrenhof war das!
Da lagen große verwahrloste Äcker, in die sich der Wald schon wieder mit seinen Bäumen hineinschob. Die Brücke, die zur Insel hinüberführte, war so morsch, daß sie meinten, sie werde noch zusammenbrechen, ehe sie sie nur betraten. Da war der mit Allebäumen eingesäumte Weg, der von der Brücke zum Wohnhaus hinaufführte, grasüberwuchert, und quer darüber lag ein vom Sturm gefällter Baum.
Schön war es wohl auf der Insel, so schön, daß wahrlich ein Schloß dort hätte stehen können. Aber im Garten wuchs nicht eine einzige Blume, in dem großen Park erstickten die Bäume einander, und auf den grünen, feuchten Wegen schlängelten sich schwarze Ringelnattern durchs Gras.
Mutter Anna Stina wurde unruhig, als sie sah, wie verfallen alles war, und sie murmelte vor sich hin: ›Wie kann das sein? Lebt Schwester Stava nicht mehr? Läßt sie denn alles so herunterkommen? Das sah doch ganz anders aus vor dreißig Jahren, als ich das letztemal hier war. Mein Gott, was ist denn mit Stava?‹ Sie konnte sich gar nicht vorstellen, daß dort,

wo Stava war, eine solche Unordnung herrschen dürfe.
Ingrid ging langsam und widerstrebend hinter ihr her. Schon als sie den Fuß über die Brücke setzte, hatte sie gemerkt, daß sie nicht nur zu zweit waren, sondern daß ein Dritter ihnen folgte.
Es war jemand, der ihnen entgegengegangen war und der sie nun begleitete.
Ingrid vernahm keine Schritte, aber sie gewahrte etwas ganz in ihrer Nähe. Und sie konnte sehen, daß jemand da war.
Sie erschrak zutiefst und wollte Mutter Anna Stina bitten umzukehren, wollte ihr sagen, daß hier alles verzaubert sei und daß sie nicht wage, weiterzugehen. Aber noch ehe sie etwas sagen konnte, kam dieser Fremde ganz dicht an sie heran, und da erkannte sie ihn wieder.
Vorhin hatte sie ihn nur unklar sehen können, jetzt aber wurde er ganz deutlich, und sie sah, daß er es war, der Student!
Da erschien es ihr nicht mehr so unheimlich und gespenstisch, daß er hier ging. Jetzt empfand sie es nur noch wunderbar und feierlich, daß er ihr entgegengekommen war. Als sei er es gewesen, der sie hierhergeführt hatte und der ihr dies zu erkennen geben wollte, indem er ihr entgegenging und sie begrüßte.
Er ging mit ihr über die Brücke, durch die Allee und sogar bis zum Wohnhaus hinauf.
Sie konnte nicht anders, immer und immer wieder mußte sie den Kopf nach links wenden. Da schien es

ihr dann, als sähe sie sein Gesicht wie aus einem Nebel hervorschimmern, ganz dicht neben ihrer Wange. Und doch wieder war es kaum ein Gesicht, was sie sah, sondern nur ein unsagbar schönes Lächeln, das ihr zärtlich nahe kam. Wenn sie aber den Kopf ganz umwandte, um es richtig zu sehen, war nichts da. Nein, es war nichts, das sich so deutlich sehen ließ. Doch sobald sie wieder geradeaus blickte, war jener Schimmer wieder da, ganz dicht neben ihr.

Der ihr da folgte, sprach nicht. Er lächelte nur, aber das war ihr genug. Genug, um ihr zu zeigen, daß es einen in der Welt gab, der mit zärtlicher Liebe an ihr festhielt.

Sie spürte seine Nähe wie etwas ganz Wirkliches, und das gab ihr die Überzeugung, daß er sie beschütze und über sie wache. Vor diesem köstlichen Bewußtsein wich alle Verzweiflung, die die harten Worte ihrer Pflegemutter in ihr wachgerufen hatten.

Ingrid fühlte sich dem Leben aufs neue zurückgegeben. Sie hatte ein Recht zum Leben, da es einen gab, der sie liebte.

Und so kam es, daß sie mit einem zarten Rot auf den Wangen und einem strahlenden Glanz im Blick die Küche von Munkhyttan betrat. Zerbrechlich wohl und zart und durchsichtig, aber so schön wie eine frisch erblühte Rose.

Sie ging wie in einem Traum dahin und war sich kaum bewußt, wo sie sich befand. Nur über eines wunderte sie sich, und fast wäre sie davon wach geworden: dort am Herd stand eine zweite Mutter Anna Stina. Da stand sie, klein und breit, mit einem großen viereckigen Gesicht, genau wie die andere. Aber warum trug sie eine so feine weiße Haube, die mit einer Schleife unter dem Kinn gebunden war, und warum ein schwarzes Kleid aus Bombasin? Ingrid war schwindlig und wirr im Kopf, und es verging lange Zeit, ehe sie begriff, daß dies wohl Jungfer Stava sein müsse.

Sie fühlte den unruhigen Blick von Mutter Anna Stina auf sich gerichtet und versuchte sich zusammenzunehmen und zu grüßen. Aber sie vermochte an nichts anderes zu denken als daran, daß er zu ihr gekommen war. Neben der Küche befand sich eine winzig kleine Kammer, in der alles mit blau gewürfeltem Stoff bezogen war. Dort wurden sie hineingeführt, und Jungfer Stava setzte ihnen Kaffee und etwas zu essen vor.

Mutter Anna Stina begann sogleich von ihrem Anliegen zu sprechen. Sie redete sehr lange, sagte, sie wisse, welch großes Ansehen die Schwester bei der Frau Bergrätin genieße und daß man ihr darum das Amt anvertraut habe, das Gesinde für das Gut auszuwählen. Jungfer Stava antwortete nichts darauf, aber der Blick, mit dem sie Ingrid streifte, besagte deutlich, daß man ihr dieses Vertrauen nicht schenken würde, wenn sie Dienstboten von Ingrids Art ausgesucht hätte.

Mutter Anna Stina rühmte Ingrid und sagte, sie sei ein tüchtiges Mädchen. Bisher habe sie auf einem Pfarrhof gedient, aber nun, da sie erwachsen sei, möchte sie etwas Richtiges lernen, und darum wollte Mutter Anna Stina sie zu jemand bringen, bei

dem sie mehr lernen könnte, als bei irgend jemand sonst.
Auch darauf gab Jungfer Stava keine Antwort. Aber ihre Blicke verhehlten nicht ihre Verwunderung darüber, daß ein Mädchen, das auf einem Pfarrhof gedient hatte, keine eigenen Kleider besaß, sondern sich von Mutter Anna Stina etwas zum Anziehen borgen mußte.
Nun fing die Alte an zu schildern, wie es ihr selbst ergehe, wie sie ganz allein im Wald lebe, von all den Ihren verlassen. Und da sei dieses junge Ding hier oft des Abends oder auch am frühen Morgen in den Wald heraufgekommen, um sich nach ihr umzusehen. Darum habe sie nun gedacht und gehofft, ihr jetzt dazu verhelfen zu können, daß sie es gut bekäme.
Endlich redete Jungfer Stava, und sie sagte, es sei doch schade, daß sie einen so weiten Weg gemacht hätte, um eine Stellung für sie zu finden. Wenn das Mädchen tüchtig sei, müßte sie doch auch in ihrer Heimatgegend auf einem Herrenhof unterkommen können.
Da begriff Mutter Anna Stina, daß ihre Sache schlecht stand, und darum sagte sie mit erhobener Stimme:
»Da hast du nun dein ganzes Leben in aller Behaglichkeit und Wohlhabenheit verbracht, während ich mich in großer Armut durchschlagen mußte. Trotzdem habe ich dich bis auf den heutigen Tag nie um etwas gebeten. Und jetzt willst du mich fortgehen lassen wie eine Bettlerin, der man etwas zu essen gibt und sonst nichts?«

Jungfer Stava lächelte ein wenig, dann sagte sie: »Schwester Anna Stina, du sagst nicht die volle Wahrheit. Ich bin doch auch von Raaglanda, und ich möchte den Bauernhof dort kennen, wo solche Augen und solch ein Gesicht wachsen.«
Sie deutete auf Ingrid und fuhr fort:
»Ich verstehe wohl, Anna Stina, daß du einer helfen willst, die so aussieht, aber wie du meinen kannst, deine Schwester Stava sei so schwach im Kopf, daß du herkommen und ihr etwas vorlügen könntest, das verstehe ich nicht.«
Darüber erschrak Mutter Anna Stina so sehr, daß sie verstummte. Aber Ingrid faßte den Entschluß, sich der Alten anzuvertrauen und begann sogleich mit ihrer leisen schönen Stimme von ihrem Schicksal zu erzählen. Und kaum hatte Ingrid mit wenigen Worten geschildert, wie sie im Grab gelegen und wie der Dalekarlier gekommen sei und sie gerettet habe, als die alte Jungfer Stava auf einmal rot wurde und sich hastig vorneigte, um ihr Gesicht zu verbergen. Es war alles nur ein Augenblick gewesen, aber es mußte doch etwas Gutes bedeutet haben, denn sie sah von nun an sehr freundlich drein.
Bald fing sie auch an, genaue Fragen zu stellen, vor allem wollte sie etwas über den Verrückten wissen, und ob Ingrid sich nicht vor ihm gefürchtet habe.
»Ach nein, er war gar nicht gefährlich. Und er war nicht verrückt«, sagte Ingrid, »denn er konnte gut kaufen und verkaufen. Er war nur verschüchtert.«
Am schwersten kam es Ingrid an zu erzählen, was die

Pflegemutter damals über sie gesagt hatte. Aber sie wollte alles ganz ehrlich berichten, wenngleich ihr das Weinen im Halse saß.

Da trat Jungfer Stava auf sie zu, schob ihr das Kopftuch zurück und sah ihr in die Augen. Dann streichelte sie ihr leicht die Wange.

»Überspringen Sie das ruhig, kleine Mamsell!« sagte sie. »Das brauche ich nicht zu wissen. – Ja, und nun müßt ihr mich einen Augenblick entschuldigen, Anna Stina, und auch Sie, Mamsell Ingrid«, fügte sie hinzu, »ich muß der gnädigen Frau den Kaffee bringen. Aber ich komme bald wieder, um zu hören, wie es weiterging.«

Als sie zurückkam, sagte sie, sie habe der Bergrätin von dem jungen Mädchen erzählt, das im Grab gelegen habe. Und jetzt wolle die gnädige Frau sie sehen.

Sie wurden über die Treppe in das obere Stockwerk und in den kleinen Salon der Bergrätin geführt.

Mutter Anna Stina blieb in dem vornehmen Zimmer bei der Tür stehen, aber Ingrid war nicht schüchtern. Sie ging geradewegs auf die alte Dame zu und gab ihr die Hand. Vor anderen, die viel weniger vornehm aussahen, war sie wohl manchmal verlegen gewesen, hier aber empfand sie keine Schüchternheit. Es erfüllte sie nur ein unendliches Glücksgefühl, hierhergekommen zu sein.

»Du bist also das junge Mädchen, das begraben war«, sagte die Bergrätin und nickte Ingrid freundlich zu. »Erzähl mir doch deine Geschichte, wenn du magst? Du mußt wissen, daß ich hier ganz einsam lebe und nichts höre und sehe von dem, was in der Welt vorgeht.«

Und Ingrid begann abermals zu berichten. Sie kam jedoch nicht weit in ihrer Erzählung, da wurde sie schon unterbrochen. Die Bergrätin machte es genau wie Jungfer Stava. Sie stand auf, schob Ingrid das Kopftuch zurück und sah ihr in die Augen.

»Ja, ja«, sagte sie dabei vor sich hin. »Ich kann das wohl verstehen. Ich kann verstehen, daß er diesen Augen gehorchte.«

Zum erstenmal in ihrem Leben wurde Ingrid wegen ihres Mutes gelobt. Die Bergrätin fand es sehr mutig von ihr, daß sie es gewagt hatte, sich einem Verrückten anzuvertrauen.

Sie habe sich freilich ein wenig vor ihm gefürchtet, meinte Ingrid, aber daß die Menschen sie so sehen sollten, wie sie gerade aus dem Grab gekommen war, das sei ihr doch noch schrecklicher gewesen. »Und er war ja nicht gefährlich, er war beinahe ganz vernünftig. Und er war so gut.«

Die Bergrätin wollte wissen, wie er heiße, das aber konnte Ingrid nicht sagen. Sie hatte nie einen anderen Namen gehört als »der Geißbock«.

Immer wieder fragte die alte Dame, wie er sich denn benommen habe, wenn er seine Waren zum Verkauf anbot. Ob sie ihn denn nie ausgelacht habe, und ob er nicht schrecklich aussähe, der – Geißbock? Es hörte sich seltsam an, wenn die Bergrätin das Wort Geißbock aussprach. Sie sprach es mit unendlicher Bitterkeit aus, und doch sagte sie es immer und immer wieder.

Nein, das fand Ingrid nicht. Und sie lache unglückliche Menschen nicht aus.
Die Bergrätin sah immer freundlicher drein, je länger sie mit Ingrid redete.
»Es scheint wirklich, daß du mit Verrückten umzugehen verstehst«, sagte sie. »Das ist eine große Gabe. Die meisten fürchten sich vor solchen armen Menschen.« Als sie Ingrid bis zum letzten Wort angehört hatte, saß sie in Gedanken versunken da.
»Da du nun keine andere Heimat hast, mein kleines Mädchen«, sagte sie schließlich, »so kannst du bei mir bleiben. Ich lebe hier als alte Frau ganz allein. Da kannst du mir Gesellschaft leisten, und ich will dann dafür Sorge tragen, daß du alles bekommst, was du brauchst. Bist du damit einverstanden, mein kleines Mädchen? –
Es kann ja die Zeit kommen«, fuhr sie fort, »wo wir deine Eltern davon unterrichten müssen, daß du lebst, zunächst aber soll alles so bleiben wie es ist, damit du wieder zur Ruhe kommen kannst. Und du sollst Tante zu mir sagen, aber wie soll ich dich nennen, mein Kind?«
»Ingrid, Ingrid Berg.«
»Ingrid«, wiederholte die Bergrätin nachdenklich. »Ich möchte dich eigentlich anders nennen. Als du vorhin hereinkamst und ich deine Sternenaugen sah, dachte ich sofort, du müßtest Mignon heißen.«
Als das Mädchen nun begriff, daß sie hier eine wirkliche Heimat finden sollte, war es ihr ein neuer Beweis dafür, daß sie auf übernatürliche Art hierhergeführt worden war. Und noch ehe sie der Bergrätin, Jungfer

Stava und Mutter Anna Stina für alles dankte, flüsterte sie ihrem unsichtbaren Beschützer ein Wort des Dankes zu.

Ingrid lag im Himmelbett, schaukelte sich auf anderthalb Ellen hohen Federbetten, ihr Laken und die seidene Decke hatten einen zollbreiten Hohlsaum und waren mit schwedischen Kronen und französischen Lilien bestickt. Das Bett war so breit, daß sie darin liegen konnte, wie es ihr gefiel, der Länge und der Quere nach, und so hoch war es, daß sie zwei Stufen hinaufsteigen mußte, um hineinzugelangen. Hoch droben unter der Decke saß ein kleiner Engel und ließ bunte Vorhänge auf sie herniederrieseln, und unten auf den Bettpfosten saßen andere Amoretten und hielten die Gardinen zu schönen Falten gerafft.
In demselben Zimmer, in dem das Bett stand, befand sich auch eine alte, geschweifte Kommode, mit Zitronenholz eingelegt, und aus ihr durfte Ingrid sich weiße, duftende Wäsche herausnehmen, soviel sie nur wollte. Auch ein Schrank war da mit vielen schönen und bunten Kleidern aus Seide und Musselin, die nur dahingen und darauf zu warten schienen, welches von ihnen sie wohl anzuziehen beliebte.
Wenn sie am Morgen erwachte, stand neben ihr ein Kaffeebrett mit schimmerndem Silber und altem ostindischen Prozellan. Und jeden Morgen grub sie ihre kleinen weißen Zähne tief in köstliches weißes Weizenbrot und in herrliches Mandelgebäck. Jeden Tag zog sie ein leichtes Musselinkleid an mit einem Spitzentuch, das auf dem Rücken gebunden wurde. Ihr

Haar war im Nacken hoch aufgesteckt, aber um Stirn und Schläfen trug sie einen Kranz von feinen Korkzieherlocken. An der Wand zwischen den Fenstern war ein Spiegel mit schmalem Glas und breitem Rahmen, darin konnte sie sich selbst besehen, konnte dem Bild zunicken und fragen:
»Bist du das, bist du es wirklich? Wie bist du hierhergekommen?«
Tagsüber, wenn Ingrid das Zimmer mit dem Himmelbett verlassen hatte, saß sie meist in dem schönen Salon und stickte oder malte auf Seide, und wenn sie dessen müde war, spielte sie auf der Gitarre und sang kleine Lieder dazu, oder sie unterhielt sich mit der Bergrätin, die sie im Französischen unterwies und der es viel Vergnügen bereitete, sie zu einer feinen Dame zu erziehen.
Kein Mensch kam hierher und keiner ging von hier fort. In dem ganzen großen Haus waren nur wenige Zimmer bewohnt. Die anderen wurden nie betreten. Niemand ging in den Garten, niemand pflegte ihn. Auf dem ganzen Hof gab es nur einen Knecht und einen alten Mann, der für das Brennholz sorgte. Und Jungfer Stava hatte nur zwei Mägde, die ihr in Küche und Stall halfen.
Aber auf den Tisch kamen immer feine Gerichte, und die Bergrätin und Ingrid waren immer bedient und gekleidet wie feine und vornehme Damen.
Wollte auch sonst nichts auf dem alten Herrenhof gedeihen, so war hier doch ein guter Boden für Träume. Und gab es auch keine Blumen im Garten, so hegte Ingrid doch ihre Traumrosen. Die wuchsen rings um

sie her, sobald sie allein war. Dann schienen rote Traumrosen einen Thronhimmel über ihr zu bilden.

Rings um die Insel, an deren Ufer sich die Bäume über das Wasser neigten und ihre langen Zweige tief ins Schilf herabhängen ließen, zwischen Sträuchern und hohem, üppig wucherndem Gras führte ein Pfad, dem Ingrid oft folgte. Ihr gefiel es, die Bäume zu betrachten, deren Stämme eingeritzte Buchstaben bedeckten, alte Bänke und Ruheplätze und ein paar halbverfallene Lusthäuschen aufzusuchen, die so morsch waren, daß sie sie nicht zu betreten wagte.

War es möglich, daß es hier einmal Menschen gegeben hatte, wirkliches Leben mit Schwärmerei und Liebe, und daß es nicht immer schon ein verwunschenes Schloß gewesen war?

Hier unten am See war die Verzauberung am stärksten. Hier kam jenes lächelnde Antlitz zu ihr. Hier konnte sie ihm, dem Studenten, dafür danken, daß er sie hatte herkommen lassen, wo sie so glücklich war, wo man sie liebte und sie vergessen ließ, wie hart andere zu ihr gewesen waren.

Ohne ihn, der dies alles so gelenkt hatte, hätte sie gewiß nicht hierbleiben dürfen, nein sicher nicht.

Sie wußte genau, daß er es war. Nie zuvor waren ihr so kühne Gedanken gekommen, wohl hatte sie immer an ihn gedacht, aber nie hatte sie die Empfindung gehabt, daß er ihr nahe sei, daß er für sie sorge.

Nur über eines wunderte sie sich: wann er wohl selbst einmal käme? Denn kommen würde er doch gewiß. Wie sollte es möglich sein, daß er nicht kam! Auf diesem Weg hier hatte er einen Teil seiner Seele zurückgelassen.

Der Sommer verging und auch der Herbst. Weihnachten rückte heran.

»Mamsell Ingrid!« sagte Jungfer Stava eines Tages und tat ganz geheimnisvoll dabei, »ich meine, Sie sollten doch erfahren, daß der junge Herr, dem der Hof hier gehört, zu Weihnachten heimkommen wird. Wenigstens hat er das bisher immer getan«, fügte sie seufzend hinzu.

»Wie seltsam, die gnädige Frau hat nie etwas davon gesagt, daß sie einen Sohn hat!« rief Ingrid aus.

Doch eigentlich war sie nicht darüber überrascht. Beinahe hätte sie sogar geantwortet, daß sie das schon immer gewußt habe.

»Niemand hat zu Ihnen etwas darüber gesagt, Mamsell Ingrid«, erklärte Jungfer Stava, »weil die gnädige Frau es uns verboten hat, von ihm zu sprechen.«

Und darum wollte Jungfer Stava jetzt nichts weiter sagen.

Und Ingrid wollte auch nicht weiter fragen. Sie scheute sich jetzt davor, etwas Bestimmtes zu erfahren. Sie hatte ihre Erwartungen so hoch gespannt, daß sie selbst befürchtete, sie könnten zusammenbrechen. Vielleicht war es herrlich, die Wahrheit zu erfahren, aber diese konnte ja auch bitter sein und alle schönen Träume vernichten.

Doch seit dieser Stunde war er Tag und Nacht um sie. Kaum fand sie noch die Zeit, mit anderen zu sprechen. Sie mußte immerzu bei ihm sein.

Eines Tages fiel ihr auf, daß auf dem Weg, der zum Haus führte, der Schnee weggefegt worden war. Sie erschrak beinahe. Würde er nun kommen?
Am Tag darauf, schon vom Morgen an, saß die Bergrätin am Fenster und blickte auf den Weg hinaus. Ingrid war tiefer ins Zimmer gerückt. Vor lauter Unruhe wagte sie nicht am Fenster zu sitzen.
»Weißt du, wen ich heute erwarte, Ingrid?« fragte die Bergrätin plötzlich.
Das Mädchen nickte, es war seiner Stimme nicht sicher genug, um zu sprechen.
»Hat Jungfer Stava dir gesagt, daß mein Sohn etwas sonderbar ist?«
Ingrid schüttelte den Kopf.
»Er ist sonderbar – – er – – Ich kann nicht darüber sprechen, ich kann nicht. Du wirst es selbst sehen.«
Das klang herzzerreißend. Ingrid war auch tief erregt. Was war es, was war es?
In einem Augenblick durchströmte sie stürmische Freude, im nächsten fühlte sie sich von Zweifeln zerrissen. Sie mußte sich die ganze Reihe von Traumgesichten ins Gedächtnis zurückrufen, um wieder zu fühlen, daß nur er es sein konnte, der kam.
Warum sie so sicher glaubte, daß er gerade der Sohn des Hauses hier sein sollte, vermochte sie nicht zu erklären. Er konnte ja auch ein ganz anderer sein, was wußte denn sie! Oh Gott, wie schwer war es doch, daß sie nie seinen Namen gehört hatte!
Es wurde ein langer Tag. In tiefem Schweigen saßen sie da und warteten bis zum Abend.
Da kam der Knecht mit einer Last Brennholz für die

Weihnachtstage angefahren, und während er das Holz ablud, ließ er das Pferd auf dem Platz vor dem Haus sthen.

»Ingrid«, rief da die Bergrätin in heftigem, befehlendem Ton, »lauf schnell hinunter und sag dem Anders, er soll sofort mit dem Pferd wegfahren! Aber sofort!«

Das Mädchen lief die Treppe hinunter bis zur Veranda. Dort aber vergaß sie dem Knecht zu rufen. Denn in diesem Augenblick tauchte hinter dem Fuhrwerk ein großer Mann im weißen Schafspelz auf, und er trug einen mächtigen Sack auf dem Rücken. Sie brauchte gar nicht erst hinzusehen und zu beobachten, wie er stehen blieb und knickste und knickste, denn sie erkannte ihn sofort wieder.

»Aber, aber . . .«, sie griff sich mit der Hand an die Stirne und holte tief Atem. Wie sollte sie sich das zusammenreimen? Hatte die Bergrätin sie dieses Mannes wegen hinuntergeschickt? Und der Knecht, warum führte er das Pferd auf einmal so eilig weg? Und warum zog er die Mütze und grüßte? Was hatten sie hier auf dem Hof mit dem Verrückten zu schaffen?

Da überfiel Ingrid die Wahrheit. Sie traf sie so hart und vernichtend, daß sie laut hätte schreien mögen. Es war nicht der Geliebte, der über sie gewacht hatte. Der Narr dort war es gewesen! Sie hatte hier bleiben dürfen, weil sie freundlich von ihm gesprochen hatte. Weil seine Mutter eine gute Tat vollenden wollte, die er begonnen hatte!

Der Geißbock dort, er war der junge Herr.

Zu ihr aber kam niemand, keiner hatte sie geführt, keiner hatte sie erwartet. Es waren Träume gewesen, Einbildungen, Sinnestäuschungen.
Ach, wie bitter war das! Hätte sie ihn doch nie erwartet!
Des Nachts aber, als Ingrid im Himmelbett unter den bunten Vorhängen lag, sah sie im Traum nur immer wieder den Studenten heimkommen.
»Du warst es nicht, der kam«, sagte sie dann. – »Doch ich war es«, erwiderte er. Und im Traum glaubte sie ihm.

Siebentes Kapitel

Es war an einem Tag in der Woche nach Weihnachten. Ingrid saß mit ihrem Stickrahmen am Fenster des kleinen Salons. Die Bergrätin saß auf dem Sofa und strickte, wie jetzt schon seit Tagen. Es war ganz still im Zimmer.

Der junge Hede war nun eine Woche daheim. Während dieser ganzen Zeit hatte Ingrid ihn nie gesehen. Er lebte wie ein Bauer, auch daheim, schlief in der Knechtekammer und aß in der Küche. Nie kam er zu seiner Mutter herein.

Ingrid wußte, wie sehr die Bergrätin und auch Jungfer Stava von ihr erwarteten, daß sie etwas für Hede tue, daß sie wenigstens versuchte, ihn zum Daheimbleiben zu überreden. Und sie grämte sich sehr darüber, daß es ihr unmöglich geworden war, ihnen diesen Wunsch zu erfüllen. Sie war verzweifelt über die Kraftlosigkeit, die sie befallen hatte, seitdem ihre Hoffnungen zerstört worden waren.

An diesem Tag nun war Jungfer Stava gerade hereingekommen und hatte berichtet, daß Hede sein Bündel schnüre, um zu gehen. Er bleibe nicht einmal so lange wie sonst, wenn er zu Weihnachten gekommen sei, fügte sie mit vorwurfsvollem Blick auf Ingrid hinzu.

Ingrid begriff wohl, was man von ihr erwartete, aber sie war nicht dazu imstande. Stumm arbeitete sie weiter.

Jungfer Stava ging hinaus, und wieder senkte sich das Schweigen über das Zimmer. Ingrid vergaß ganz und gar, daß sie nicht allein war, und plötzlich fiel sie in einen Dämmerschlaf, in dem sich alle ihre traurigen Gedanken zu einem Phantasiebild zusammenschlossen. Sie sah sich durch das ganze große Wohnhaus wandern, und dabei ging sie durch viele Säle und Räume. Und überall standen die Möbel mit grauen Leinenbezügen verhüllt da. Bilder und Kronleuchter waren mit Tüll verhangen, auf dem Boden lag dicker Staub, den sie im Vorübergehen aufwirbelte. Zuletzt aber gelangte sie in ein Zimmer, in dem sie noch nie gewesen war. Es war ein ganz kleiner Raum mit schwarzen Wänden und schwarzer Decke. Als sie aber genauer hinsah, war das Zimmer nicht schwarz gestrichen, auch nicht mit schwarzem Stoff ausgeschlagen, sondern es war nur deshalb so dunkel, weil an Wänden und Decke eine Fledermaus neben der anderen hing. Der ganze Raum war nichts anderes als ein großes Fledermausnest. In einem der Fenster fehlte eine Scheibe, und nur so war es zu verstehen, wieso die Tiere in solch unglaublichen Scharen hatten hereinkommen können, daß sie den ganzen Raum bedeckten. Da hingen sie, erstarrt im Winterschlaf, nicht eine einzige rührte sich, als Ingrid eintrat.

Sie aber wurde bei diesem Anblick von so großem Entsetzen erfaßt, daß sie am ganzen Körper zitterte. Diese ungeheure Masse von Tieren, die sie so deutlich dahängen sah, war furchterregend. Alle hatten sie die schwarzen Flügel wie Mäntel um sich gefaltet, alle hatten sich mit einer einzigen langen Kralle in der Wand festgehakt und hingen nun da, schlafend, in völliger Erstarrung.

Sie sah das alles ganz deutlich und wunderte sich, ob Jungfer Stava überhaupt wußte, daß hier ein ganzes Zimmer von Fledermäusen befallen war.

Und sie ging in ihrem Traum zu Jungfer Stava und fragte sie, ob sie in diesem Zimmer gewesen sei und alle die Tiere gesehen habe.

»Freilich habe ich sie gesehen«, erwiderte Jungfer Stava darauf. »Das ist ihr Zimmer. Sie wissen doch, Mamsell Ingrid, daß es hierzulande nicht einen einzigen alten Herrenhof gibt, auf dem nicht ein Raum den Fledermäusen überlassen wird.«

»Das habe ich noch nie gehört«, sagte Ingrid.

»Wenn Sie einmal so lange auf der Welt sind wie ich, denn werden Sie wissen, daß ich die Wahrheit spreche«, sagte Jungfer Stava.

»Ich verstehe nicht, wie man so etwas aushalten kann«, meinte Ingrid.

»Wir müssen es wohl aushalten«, erklärte Jungfer Stava. »Diese Fledermäuse sind die Vögel der Frau Sorge, und sie hat uns befohlen, sie aufzunehmen.«

Als Ingrid merkte, daß Jungfer Stava nicht weiter über diese Sache sprechen wollte, setzte sie sich wieder an ihre Stickerei. Aber sie mußte doch immerfort darüber nachgrübeln, wer denn diese Frau Sorge sein könnte, die hier soviel Gewalt besaß, daß sie Jungfer Stava zwingen konnte, den Fledermäusen ein Zim-

mer offen zu halten. Während sie noch diesen Gedanken nachhing, sah sie draußen einen schwarzen geschlossenen Schlitten, von schwarzen Pferden gezogen, vorfahren.
Sie sah Jungfer Stava herauskommen und einen tiefen Knicks machen. Aus dem Schlitten stieg eine alte Dame in einem langen, schwarzen Samtmantel mit vielen übereinander liegenden Schulterkragen. Sie war bucklig, und das Gehen fiel ihr schwer. Sie vermochte kaum die Füße hoch genug zu heben, um die Treppe heraufzusteigen.
»Ingrid«, sagte jetzt die Bergrätin und sah von ihrem Strickzeug auf. »Ich glaube, Frau Sorge ist gekommen. Das war doch ihre Glocke, die da klingelte. Hast du bemerkt, daß ihre Pferde keine richtigen Schlittenglocken haben, sondern nur eine einzige kleine Glocke? Aber man hört sie, man hört sie! Geh jetzt hinunter in den Flur und heiße Frau Sorge willkommen!«
Als Ingrid hinunterkam, stand Frau Sorge im Gespräch mit Jungfer Stava. Die beiden bemerkten sie nicht.
Erstaunt sah Ingrid, daß die bucklige alte Dame unter ihren vielen Kragen etwas verborgen hielt, das wie ein schwarzer Trauerschleier aussah. Er war allerdings sorgfältig darunter geschoben und versteckt. Erst als Ingrid genau hinsah, entdeckte sie, daß es zwei große Fledermausflügel waren, die die alte Dame auf diese Weise zu verbergen trachtete. Das machte das Mädchen noch neugieriger auf Frau Sorge als sie schon war, und sie versuchte ihr Gesicht zu sehen. Dies je-

doch gelang ihr nicht, da Frau Sorge zum Garten hinausblickte. Als sie aber einmal die Hand gegen Jungfer Stava ausstreckte, sah Ingrid, daß der eine Finger viel länger war als die übrigen, und daß an seiner Spitze eine große gebogene Kralle saß.

»Ist alles beim alten auf dem Hof?« fragte sie.

»Ja, gnädige Frau Sorge«, antwortete Jungfer Stava.

»Ihr habt keine Blumen gepflanzt oder Bäume versetzt? Ihr habt die Brücke nicht gerichtet und das Unkraut auf dem Weg nicht entfernt?«

»Nein, Euer Gnaden.«

»Genau so soll es sein«, sagte Frau Sorge. »Ihr habt doch nicht gewagt, nach neuen Erzadern zu suchen oder dort die Bäume zu schlagen, wo der Wald in die Äcker wächst?«

»Nein, Euer Gnaden.«

»Und die Brunnen nicht gereinigt?«

»Nein, die Brunnen nicht gereinigt.«

»Dies ist ein guter Ort«, sagte Frau Sorge, «hier fühle ich mich wohl. In ein paar Jahren wird es so weit sein, daß meine Vögel im ganzen Haus wohnen können. Ihr seid sehr gut gegen meine Vögel, Jungfer.«

Die Jungfer knickste demütig bei diesem Lob.

»Wie steht es sonst hier auf dem Hof?« fragte Frau Sorge. »Wie habt ihr Weihnachten gefeiert?«

»Weihnachten haben wir gefeiert wie immer«, berichtete Jungfer Stava. »Die Gnädige sitzt tagaus, tagein still da und strickt, denkt nur an ihren Sohn und weiß nicht, daß Festzeit ist. Der Weihnachtsabend verging wir irgendein anderer Abend. Keine Geschenke und keine Lichter.«

»Kein Baum, kein Weihnachtsessen?«
»Auch kein Kirchgang, Euer Gnaden, nicht einmal Kerzen in den Fenstern am Weihnachtsmorgen.«
»Warum sollte auch die Frau Bergrätin Gottes Sohn feiern, wenn Gott den ihren nicht heilen will«, meinte Frau Sorge.
»Ja, warum sollte sie.«
»Ihr habt ihn jetzt wieder daheim, denke ich. Vielleicht geht es ihm besser?«
»Nein, es geht ihm nicht besser. Er ist so verschüchtert wie immer.«
»Ist er immer noch wie ein Bauer, geht er nicht in die Zimmer?«
»Wir können ihn nicht dazu bewegen in die Zimmer zu gehen, er fürchtet sich vor der Gnädigen, wie Euer Gnaden wissen.«
»Er ißt in der Küche und schläft in der Knechtekammer?«
»Das tut er, ja.«
»Und ihr wißt gar nicht, wie ihr ihn wieder gesund machen könntet?«
»Nichts wissen wir, nichts verstehen wir.«
Frau Sorge schwieg einen Augenblick. Als sie wieder sprach, hatte ihre Stimme einen harten und scharfen Klang.
»Das mag alles schön und gut sein, Jungfer Stava, aber ich bin doch nicht so richtig zufrieden mit euch.«
In diesem Augenblick wandte sie sich um und sah Ingrid scharf an.
Ingrid wich zurück. Frau Sorge hatte ein kleines,

runzeliges und zusammengequetschtes Gesicht, in dem der Unterkiefer so weit zurücktrat, daß er kaum mehr zu sehen war. Die Zähne aber glichen den Zakken einer Säge, und auf der Oberlippe wuchsen viele Haare. Die Augenbrauen waren nur ein einziger Haarbüschel auf der Stirn. Die Haut war dunkelbraun.

Ingrid fragte sich, ob Jungfer Stava denn auch bemerkte, was sie selbst sah: Frau Sorge war kein Mensch. Sie war nur ein Tier.

Während Frau Sorge den Blick auf Ingrid heftete, zog sie die Lippen hoch, so daß die Zähne sichtbar wurden. »Als sie dort herkam«, sagte sie zu Jungfer Stava, »da dachtet ihr, sie sei eine Auserwählte. Ihr meintet es ihren Augen anzusehen, daß sie eine Auserwählte sei, die ihn retten sollte. Sie hatte ein besonderes Geschick, mit Verrückten umzugehen. Nun, wie ist es dann gegangen?«

»Es ist gar nicht gegangen. Sie hat nichts getan.«

»Richtig. Dafür habe ich gesorgt, ich«, sagte Frau Sorge. »Es war mein Verdienst, daß sie von euch nicht erfuhr, weshalb sie hierbleiben durfte. Hätte sie das gewußt, dann hätte sie sich nicht so rosigen Hoffnungen hingegeben, den hier zu treffen, den sie liebte. Hätte sie sich keine Hoffnungen gemacht, wäre sie auch nicht so furchtbar enttäuscht worden. Und hätte die Enttäuschung sie nicht gelähmt, so wäre sie vielleicht fähig gewesen, etwas für den Verrückten zu tun. So aber hat sie ihn gar nicht angeschaut. Sie haßt ihn, weil er nicht der ist, der er sein sollte. Das ist mein Werk, Jungfer Stava, mein Werk!«

»Euer Gnaden verstehen ihre Sache, ja«, sagte Jungfer Stava.

Frau Sorge zog ein spitzenbesetztes Taschentuch heraus und trocknete die rotgeränderten Augen. Es war wie eine Gebärde der Befriedigung.

»Sie braucht sich nicht zu verstellen, Jungfer«, sagte sie dann. »Es paßt ihr ja doch nicht, daß ich das Zimmer für meine Vögel genommen habe. Es paßt ihr nicht, daß ich bald das ganze Haus haben werde. Das weiß ich. Sie und ihre Gnädige dachten mich zu betrügen. Aber das ist jetzt vorbei.«

»Ja«, erwiderte Jungfer Stava, »da können Euer Gnaden ganz beruhigt sein. Das ist vorbei. Der junge Herr geht heute fort. Er hat sein Bündel gepackt, und da wissen wir, daß er sicher gehen wird. Alles, was meine Gnädige und ich während des ganzen Herbstes geträumt haben, ist vorbei. Nichts ist geschehen. Wir glaubten, sie könnte ihn wenigstens dazu bewegen, daheim zu bleiben. Aber trotz allen Wohltaten, die wir ihr erwiesen haben, hat sie nichts für uns getan.«

»Ja, sie hat nichts getaugt, ich weiß das«, sagte Frau Sorge. »Aber jetzt muß sie doch auf alle Fälle weg. Und darüber will ich mit der Gnädigen selbst reden.«

Und mühselig, auf unsicheren Füßen, begann Frau Sorge die Treppe ins obere Stockwerk hinaufzuhumpeln. Bei jeder Stufe hob sie die Flügel ein wenig, als sollten sie ihr den Schritt erleichtern. Wahrscheinlich wäre sie am liebsten überhaupt geflogen.

Ingrid folgte ihr. Auf ganz seltsame Art fühlte sie sich

hingezogen und verzaubert. Nicht einmal der schönsten Frau der Welt wäre sie mit der gleichen, unwiderstehlichen Lust gefolgt.

Als Ingrid in den kleinen Salon trat, saß Frau Sorge schon neben der Bergrätin auf dem Sofa und redete leise und vertraulich mit ihr, als seien sie gute alte Freundinnen.

»Begreifst du denn nicht, daß du sie nicht mehr behalten kannst«, sagte Frau Sorge schmeichlerisch. »Du, die es nicht einmal duldet, daß eine Blume im Garten wächst, du kannst doch nicht ein junges Mädchen in deinem Haus ertragen. So etwas bringt immer Freude und Munterkeit mit sich, und das ist doch nichts für dich.«

»Jaja, ich denke auch schon immer darüber nach.«

»Verschaffe ihr irgendwo eine Stellung als Gesellschaftsdame, aber behalte sie nicht hier!«

Sie stand auf, um sich zu verabschieden.

»Das war alles, was ich dir sagen wollte«, fügte sie hinzu. »Wie geht es dir sonst?«

»Tausend Messer durchbohren mir das Herz tagaus, tagein«, antwortete die Bergrätin. »Ich lebe nur mit ihm, solange er daheim ist. Es ist schlimmer denn je, viel schlimmer diesesmal, ich halte es nicht mehr aus.«

Ingrid fuhr zusammen, als die Glocke der Bergrätin ertönte. So lebhaft hatte sie geträumt, daß es sie nun mit Verwunderung erfüllte, die Gnädige allein dasitzen zu sehen und keinen schwarzen verdeckten Schlitten vor dem Haus zu erblicken.

Die Bergrätin hatte der Jungfer Stava geklingelt, aber

diese kam nicht. Da bat sie Ingrid in Stavas Kammer hinunterzugehen und sie zu holen.

Ingrid ging, doch die kleine blaue Kammer war leer. Nun wollte sie in der Küche nach der Jungfer fragen, aber noch ehe sie die Türe geöffnet hatte, hörte sie Hede sprechen. Sie blieb stehen, denn sie konnte sich nicht dazu überwinden, ihm zu begegnen.

Dann aber versuchte sie gegen dieses Gefühl anzukämpfen. Er konnte ja nichts dafür, daß er nicht der war, den sie erwartet hatte. Sie müßte doch wirklich versuchen, etwas für ihn zu tun, müßte ihn dazu überreden, daheim zu bleiben. Früher hatte sie keinen solchen Widerwillen gegen ihn empfunden. Er war doch gar nicht so schrecklich.

Sie beugte sich hinunter und schaute durchs Schlüsselloch.

Hede saß am Tisch und aß. Es war hier wie überall. Die Mägde schwätzten allerlei Unsinn mit ihm, um sich dann über seine seltsamen Reden lustigmachen zu können.

Sie fragten ihn, wen er denn jetzt heiraten werde.

Hede lächelte vor sich hin; solche Fragen bereiteten ihm die größte Freude.

»Sie heißt Grablilie, das weißt du doch«, sagte er.

Nein, die Magd wußte nicht, daß sie einen so schönen Namen habe.

»Nun, aber wo ist sie denn daheim?«

»Sie hat kein Heim, und sie hat keinen Hof«, sagte Hede. »Sie ist in meinem Sack daheim.«

Da meinte die Magd, da sei sie wohl gut aufgehoben, und fragte dann nach ihren Eltern.

»Sie hat keinen Vater und sie hat keine Mutter«, sagte Hede. »Sie ist so schön wie eine Blume, sie ist in einem Garten aufgewachsen.«
Bis dahin hatte er sich ziemlich klar ausgedrückt. Jetzt aber versuchte er zu beschreiben, wie wunderschön seine Braut sei, und da verlor er den Faden. Er sagte eine Menge Worte, aber sie waren so seltsam durcheinander gemischt. Man konnte seinem Gedankengang nicht folgen. Ihm selbst aber bereitete dieses Gerede großes Vergnügen. Er saß da und strahlte und lachte.
Ingrid lief davon. Sie ertrug es nicht. Sie konnte nichts für ihn tun. Er war ihr widerwärtig.
Aber sie war erst wenige Stufen über die Treppe hinaufgestiegen, als sie schon wieder Gewissensbisse empfand. Soviel Gutes hatte sie hier genossen, sie aber wollte nichts dafür tun. Um ihren Widerwillen zu überwinden, versuchte sie in Gedanken Hede in einen vornehmen Herrn zu verwandeln. Wie sah er wohl aus in feinen Kleidern, mit zurückgekämmten Haaren? Sie schloß die Augen und dachte nach. Nein, es war unmöglich! Sie konnte ihn nicht anders sehen als so, wie er war.
Im selben Augenblick gewahrte sie zu ihrer Linken die Umrisse eines geliebten Angesichts. Es näherte sich ihr, wunderbar deutlich.
Diesmal lächelte das Gesicht nicht. Die Lippen zitterten, und um den Mund gruben sich die scharfen Linien tiefen Leides ein.
Ingrid blieb mitten auf der Treppe stehen, von dem Antlitz gebannt. Es war da, schwebend und leicht, so

wenig zu greifen und zu halten wie ein Sonnenfleck, der von dem geschliffenen Kristall eines Kronleuchters zurückgeworfen wird, aber genau so sichtbar, genau so wirklich. Sie dachte an die Traumbilder, die sie vor kurzem gehabt hatte, doch dies hier war anders. Dies war Wirklichkeit.

Als sie das Antlitz eine Weile betrachtet hatte, begann es die Lippen zu bewegen, es sprach, aber sie vernahm keinen Laut. Da versuchte sie zu sehen, was es sagte, versuchte die Worte von den Lippen zu lesen, wie taube Menschen dies tun, und das gelang ihr.

»Laß mich nicht gehen!« sagten die Lippen. »Laß mich nicht gehen!«

Und in welcher Angst wurde das gesagt! Hätte einer zu ihren Füßen gelegen und sie um sein Leben angefleht, es hätte sie nicht tiefer ergreifen können! Sie zitterte vor Erregung. Es war das Erschütterndste, was sie je in ihrem Leben vernommen hatte. Nie hätte sie geglaubt, daß ein Mensch in solch qualvoller Angst bitten könnte.

Immer und immer wieder baten die Lippen:

»Laß mich nicht gehen!« Und mit jedem Mal wurde die Angst größer und größer.

Ingrid begriff nichts, sie stand nur da, von unsäglichem Mitleid gepackt.

Wer so bat, so schien es ihr, dem ging es um mehr als um das Leben, dem ging es um die Seele selber.

Die Lippen bewegten sich nicht mehr, in erschöpfter Verzweiflung standen sie nun halb offen.

Als sie diesen Ausdruck der Stumpfheit annahmen, stieß Ingrid einen Schrei aus und taumelte einige Stufen über die Treppe hinunter. Sie hatte das Gesicht des Verrückten erkannt, so wie sie es erst vorhin gesehen hatte.

»Nein, nein, nein!« rief sie. »Das kann nicht so sein, es darf nicht, es kann nicht sein! Es ist nicht möglich – das ist er nicht!«

Im selben Augenblick war das Gesicht verschwunden. Sie saß wohl eine ganze Stunde lang auf der Treppe und weinte in hoffnungsloser Verzweiflung. Endlich aber überkam sie doch wieder Hoffnung, lichte, tröstliche Hoffnung.

Alles, was sich zugetragen hatte, ließ sie erkennen, daß es ihr gegeben war, ihn doch noch zu retten. Darum war sie hierhergeführt worden. Ihr sollte das große, große Glück beschieden sein, ihn zu retten!

Drinnen in dem kleinen Salon sprach die Bergrätin mit Jungfer Stava. Es klang rührend armselig, als sie die Jungfer bat, den Sohn doch zu bewegen, noch ein paar Tage dazubleiben.

Jungfer Stava machte sich hart und spröde.

»Bitten kann man ihn wohl«, sagte sie, »aber die gnädige Frau weiß doch, daß keiner ihn dazu bringen kann, länger zu bleiben, als er will.«

»Wir haben doch Geld genug. Er hätte es nicht nötig, fortzugehen. Können Sie ihm das nicht sagen, Jungfer, Gustava?«

In diesem Augenblick trat Ingrid ein. Lautlos hatte sich die Tür vor ihr geöffnet. Mit leichten, schwebenden Schritten glitt sie durch den Raum. Die Augen glänzten, als erblickten sie etwas Herrliches, in weiter Ferne. Als die Bergrätin sie sah, zog sie die Augenbrauen ein wenig zusammen. Eine Lust, nun selbst einmal grausam zu sein, selbst einmal Schmerz zuzufügen, ergriff sie.

»Ingrid«, sagte sie, »komm her! Ich muß mit dir über deine Zukunft sprechen.«

Das Mädchen hatte seine Gitarre geholt und war nun auf dem Weg, das Zimmer wieder zu verlassen. Jetzt wandte sie sich zur Bergrätin um.

»Über meine Zukunft . . .«, sagte sie und strich sich über die Stirn. »Über meine Zukunft ist ja schon bestimmt«, fuhr sie dann mit einem sanften Märtyrerlächeln fort. Und verließ das Zimmer, ohne noch ein Wort hinzuzufügen.

Die Bergrätin und Jungfer Stava sahen einander verwundert an. Und dann berieten sie darüber, wohin das Mädchen geschickt werden sollte.

Als aber Jungfer Stava in ihr Zimmer hinunterkam, saß Ingrid dort und sang kleine Lieder und spielte dazu auf der Gitarre. Und Hede saß ihr gegenüber und hörte zu, und auf seinem Gesicht lag es wie Sonnenglanz.

Achtes Kapitel

Von dem Augenblick an, da Ingrid Gunnar Hede in dem Verrückten erkannt hatte, waren alle ihre Gedanken nur noch darauf gerichtet, ihn zu heilen. Aber dies war eine schwere Arbeit, und sie wußte nicht, wie sie das anfangen sollte.

Zunächst einmal wollte sie nur vor allem erreichen, daß er daheim blieb. Und dies gelang ihr überraschend leicht. Denn nur, um sie jeden Tag eine kurze Weile auf der Geige oder der Gitarre spielen zu hören, saß er nun vom Morgen bis zum Abend geduldig in Jungfer Stavas Kammer und wartete auf sie.

Freilich, so dachte sie, ein wirklich großer Erfolg wäre es erst, wenn sie ihn dazu bringen könnte, auch in die anderen Zimmer zu gehen. Aber das schien unmöglich, er wagte es nicht.

Sie versuchte es, indem sie sich von ihm fernhielt und erklärte, ihm nichts mehr vorzuspielen, wenn er nicht zu ihr hereinkomme. Als sie sich aber zwei Tage lang nicht hatte sehen lassen, begann er seine Sachen zu packen, um wieder fortzugehen, und da mußte sie nachgeben.

Er hatte zwar eine große Vorliebe für sie und zog sie deutlich allen andern vor, aber von seiner Furcht konnte er ihr nichts zum Opfer bringen.

Sie bat ihn, den Pelz abzulegen und einen gewöhnlichen Rock anzuziehen, und darauf ging er sogleich ein, aber am nächsten Tag kam er doch wieder mit Pelz daher.
Sie versteckte ihm den Mantel. Worauf er den Pelz des Knechtes anzog, und da sollte er doch lieber seinen eigenen tragen.
Immer noch war er ängstlich wie früher und gab genau darauf acht, daß keiner ihm zu nahe käme. Nicht einmal Ingrid durfte neben ihm sitzen.
Eines Tages bat sie ihn, ihr jetzt etwas zu versprechen. Er solle aufhören, vor der Katze einen Knicks zu machen. Dies sei doch wirklich nicht so schwer, und sie verlange ja nicht, daß er etwa vor dem Pferd oder dem Hund keinen Knicks machen solle. Aber vor einer kleinen Katze werde er sich wohl nicht fürchten.
»Doch«, sagte er, »die Katze ist ein Geißbock.«
»Sie kann aber doch weder ein Bock noch eine Ziege sein«, erwiderte sie. »Sie hat ja keine Hörner.« Darüber freute er sich sehr, als habe er nun endlich ein Merkmal, an dem er die Ziegen von anderen Tieren unterscheiden konnte.
Am nächsten Tag lief ihm Jungfer Stavas Katze über den Weg.
»Dieser Geißbock hat keine Hörner«, sagte er und lachte ganz stolz. Er ging an ihr vorbei und setzte sich aufs Sofa, um Ingrids Spiel zu lauschen. Aber nach einiger Zeit wurde er unruhig, stand auf, ging zur Katze hin und machte einen Knicks.
Ingrid war ganz verzweifelt. Sie packte ihn beim Arm

und schüttelte ihn. Da lief er schnell zur Tür hinaus und kam erst am nächsten Tag wieder zum Vorschein.
»Kind, Kind«, sagte die Bergrätin, »du machst es wie ich, versuchst es auf die gleiche Weise wie ich. Du wirst ihm einen solchen Schrecken einjagen, daß er sich nicht mehr in deine Nähe wagt. Es ist besser, wir lassen ihn in Ruhe. Wir sind schon zufrieden damit, wie es jetzt ist, wenn er nur daheim bleibt.«
Was blieb da weiter übrig, als die Hände zu ringen vor Kummer darüber, daß der feine, liebenswürdige Mensch hinter diesem Irrsinnigen verborgen sein mußte?
Nur eines hätte Ingrid gerne gewußt: war sie wirklich hierhergeführt worden, einzig und allein, um ihm die Weisen ihres Großvaters vorzuspielen? Sollte es das ganze Leben lang so weiter gehen? Würde es nie anders werden?
Manchmal erzählte sie ihm auch Märchen. Und da konnte es geschehen, daß sich mitten in einem Märchen sein Gesicht aufhellte und er wunderbar zarte und schöne Dinge zu ihr sagte. Einem, der bei seinem vollen Verstand war, wäre nie etwas so Schönes eingefallen. Aber mehr brauchte es nicht, um ihr gleich wieder Mut zu machen.
So setzten sie beide ihre unermüdlichen Versuche fort.

Es war spät an einem Nachmittag und der Mond stieg empor. Auf der Erde lag weißer Schnee, und der See war mit grauem, blinkendem Eis bedeckt. Die Bäume standen schwarzbraun da und der Himmel brannte rot im Sonnenuntergang.

Ingrid war auf dem Weg zum See hinunter, um Schlittschuh zu laufen. Sie ging auf dem schmalen Pfad, der in den Schnee getreten war. Gunnar Hede folgte hinter ihr drein. Es lag etwas Unterwürfiges in seiner Haltung, fast wie bei einem Hund, der seinem Herrn folgt.

Ingrid sah müde aus. Es war kein Glanz in ihren Augen, und ihre Haut war grau und blaß.

Wie sie so dahinging, dachte sie darüber nach, ob dieser schwindende Tag wohl mit sich selber zufrieden sei? Ob er den großen brennendroten Sonnenuntergang dort drüben im Westen zum Zeichen seiner Freude entfacht habe?

Von sich selber wußte sie, daß sie kein Freudenfeuer anzünden könnte, weder über diesen noch über einen anderen Tag. Nichts hatte sie erreicht, nichts, während dieses ganzen Monats, seitdem sie Gunnar Hede wiedererkannt hatte.

Und heute nun war sie in großer Angst. Es schien ihr, als werde sie über all dem noch ihre Liebe verscherzen.

Sie vergaß allmählich den Studenten, weil sie nur immer an den Kranken dachte. Alles Leichte und Schöne und Spielerische der Liebe hatte sich verloren. Nur noch Ernst, schwerer Ernst war geblieben.

Sie war ganz verzweifelt, während sie zum See hinunterging. Denn sie sah ein, daß sie nicht verstand das Richtige zu tun und daß sie darum alles aufgeben mußte. Lieber Gott, da ging er nun hinter ihr her,

scheinbar stark und gesund und doch so hilflos krank und unheilbar!
Als sie unten am See angelangt waren, zog sie die Schlittschuhe an. Und um Hede zum Laufen zu veranlassen, schnallte sie auch ihm die Schlittschuhe an. Doch schon gleich beim ersten Schritt aufs Eis fiel er hin. Da kroch er wieder ans Ufer und setzte sich auf einen Stein, und dort ließ sie ihn zurück.
Gerade gegenüber der Stelle, wo Gunnar Hede saß, wuchs eine kleine Insel aus dem Eis heraus, mit entlaubten Birken und Espen, und dahinter leuchtete der Abendhimmel noch immer in brennender Glut. So schön waren die zarten, feinverästelten Baumkronen gegen den Himmel, daß keinem dieses Bild entgehen konnte.
Oft ist es nur ein einzelner Zug, an dem man einen Ort wiedererkennt. Denn so vertraut er einem auch sein mag, weiß man doch nicht so genau, wie er von jeder Stelle aus und von allen Seiten her betrachtet aussieht. Und so war gerade diese kleine Insel ein besonderes Merkmal von Munkhyttan. Selbst nach vielen Jahren der Abwesenheit hätte einer den Hof doch an jenem Eiland wiedererkennen müssen, das nun mit seinen dunklen Baumkronen in den Sonnenuntergang hineinragte.
Hede saß unbeweglich da und betrachtete die Insel und das zarte Geäst der Bäume und das graue Eis, das sich nach allen Seiten ausbreitete.
Dies war für ihn der vertrauteste Anblick. Und es gab keine Stelle auf dem ganzen Gut, die er besser gekannt hätte. Denn gerade diese Insel war es ja, die

schon immer die Blicke auf sich gezogen hatte. Bald sah er nur noch die Insel an, ohne darüber nachzudenken, so wie man eben etwas betrachtet, das man sehr gut kennt.

Lange saß er so da, mit unverwandtem Blick, nichts störte ihn, kein Mensch, kein Wind, nichts Fremdartiges. Ingrid sah er nicht, sie war weit aufs Eis hinausgelaufen.

Ein Gefühl der Ruhe und der Entspannung kam über Gunnar Hede, wie man es nur dort empfinden kann, wo man sich daheim weiß. Geborgenheit und Ruhe strömten ihm von der kleinen Insel zu und schläferten die ewige Unruhe ein, die ihn quälte.

Hede sah sich immer von Feinden umgeben und glaubte immer auf der Hut sein zu müssen. Seit vielen Jahren kannte er sie nicht mehr, jene Ruhe, in der er sich selbst vergessen durfte. Jetzt aber kam sie über ihn.

Und in diesem Augenblick der Selbstvergessenheit geschah es, daß Gunnar Hede sich ganz unbewußt so bewegte und verhielt wie einer, der sich unter gewohnten Verhältnissen befindet. Da lag das Eis vor ihm, er hatte Schlittschuhe an den Füßen, und also stand er auf und begann auf den See hinauszulaufen. Und er dachte darüber genau so wenig nach, wie man sich auch nicht besinnt, auf welche Weise man Gabel und Messer beim Essen handhabt.

Er glitt über die Eisfläche dahin, und sie hätte nicht schöner sein können. Erst als er schon weit vom Ufer entfernt war, kam es ihm zum Bewußtsein, daß er Schlittschuh lief.

»Ein wunderbares Eis«, dachte er da, »warum bin ich eigentlich heute nicht schon früher hier gewesen?«

»Dafür war ich gestern um so länger hier«, tröstete er sich. »Jetzt darf aber kein Tag mehr versäumt werden, solange ich noch Ferien habe.«

Wahrscheinlich war dadurch, daß Gunnar Hede hier nun etwas unternommen hatte, was vor seiner Krankheit etwas so Selbstverständliches für ihn gewesen war, sein früheres Ich in ihm erwacht. Gedanken und Vorstellungen, die zu seinem alten Leben gehörten, drängten sich ins Bewußtsein vor. Und gleichzeitig sanken alle jene Gedanken, die mit seiner Krankheit zusammenhingen, in Vergessenheit zurück.

Wie früher, wenn er Schlittschuh gelaufen war, machte er auch jetzt einen weiten Bogen auf den See hinaus, um an einer spitzen Landzunge vorbeisehen zu können. Er tat dies ganz unbewußt, aber als die Landspitze hinter ihm lag, wußte er, daß er hierhergekommen war, um zu sehen, ob in den Fenstern bei seiner Mutter Licht brenne.

»Sicher denkt sie jetzt, es sei an der Zeit, daß ich heimkomme. Aber ein bißchen muß sie noch warten. Das Eis ist zu gut.«

Vor allem aber war es nur ein unbestimmtes Gefühl der Freude über die Bewegung und den schönen Abend, das ihn erfüllte. An solch einem Abend, mit dem Mond am Himmel, da mußte man doch Schlittschuh laufen! Er liebte diesen zarten Übergang zur Nacht. Noch verweilte das Licht, aber schon lag die

Stille über allem. Es war der schönste Augenblick des Tages und der Nacht!

Auf dem See war noch ein Schlittschuhläufer. Ein junges Mädchen. Er wußte nicht, ob er sie kannte, und steuerte nun auf sie zu, um das festzustellen. Nein, es war keine Bekannte. Trotzdem konnte er nicht umhin, im Vorbeifahren ein paar Worte über das ausgezeichnete Eis zu sagen.

Die Fremde war vermutlich aus der Stadt und scheinbar nicht daran gewöhnt, so ohne weiteres angesprochen zu werden. Denn sie schaute ganz erschrocken drein. Freilich, er war ja auch merkwürdig angezogen. Da lief er wahrhaftig in einer richtigen Bauerntracht herum!

Nun, er wollte sie nicht verscheuchen. Er machte kehrt und fuhr weiter hinaus. Der See war schließlich groß genug für sie beide.

Aber Ingrid hätte beinahe laut aufgeschrien vor Überraschung, vorhin, als sie ihn auf sich zukommen sah, aufrecht und in sicherer Haltung, die Arme über der Brust gekreuzt, die Hutkrempe aufgebogen und das Haar zurückgeworfen, so daß es ihm nicht mehr über die Ohren hing.

Er hatte mit der Stimme eines gebildeten Menschen gesprochen, beinahe ohne jeden Anklang an die Mundart der Bauern von Dalarne.

Sie gab sich nicht lange der Verwunderung hin. Schnell fuhr sie ans Ufer zurück.

Atemlos trat sie in die Küche. Sie wußte kaum, wie sie alles rasch und deutlich genug vorbringen sollte.

»Jungfer Stava, der junge Herr ist heimgekommen!«

Die Küche war leer, weder die Jungfer noch die Mägde waren da. Auch in Jungfer Stavas Stube kein Mensch. Ingrid lief durchs ganze Haus, suchte in Zimmern, die nie jemand betrat. Und die ganze Zeit rief sie:

»Jungfer Stava, Jungfer Stava! Der junge Herr ist heimgekommen!«

Sie war ganz außer sich, und selbst als oben auf dem Flur im ersten Stock die beiden Mägde, Jungfer Stava, ja sogar die Bergrätin um sie herumstanden, rief sie nur immer wieder die gleichen Worte, viel zu aufgeregt, um schweigen zu können.

Niemand war im Zweifel darüber, was sie meinte. Alle vier standen da, genau so aufgeregt wie sie, mit zuckenden Lippen und zitternden Händen.

Ingrid wandte sich in heller Verzweiflung von einer zur anderen. Sie sollte doch Erklärungen geben, Befehle erteilen. Aber was hatte sie denn befehlen wollen? Ach, sie hatte ganz den Kopf verloren! Verwirrt sah sie die Bergrätin an. Was war es doch, was wollte ich? Mit leiser zitternder Stimme gab die alte Dame einige Befehle. Es klang nur wie ein Flüstern.

»Licht machen und Feuer anzünden im Zimmer des jungen Herrn! Und legt die Kleider des jungen Herrn bereit!«

Obgleich nun weder Zeit noch Gelegenheit dazu angetan waren, sich zu brüsten, klang aus Jungfer Stavas Stimme doch ein gewisser Hochmut, als sie antwortete: »Im Zimmer des jungen Herrn brennt immer ein Feuer. Die Kleider des jungen Herrn liegen immer bereit und warten auf ihn.«

»Und du, Ingrid, gehst auf dein Zimmer«, sagte die Gnädige.
Aber das junge Mädchen tat genau das Gegenteil. Sie ging in den Salon und stellte sich dort ans Fenster, schluchzend und bebend, und sie merkte gar nicht, wie heftig sie weinte. Ungeduldig wischte sie die Tränen aus den Augen, um auf die Schneefläche hinuntersehen zu können, die sich vor dem Haus ausbreitete. Sie durfte nur nicht weinen, dann konnte ihr nichts entgehen in dem hellen Mondschein. Da kam er.
»Da, da!« rief sie der Bergrätin zu. »Er geht rasch, er läuft! Kommen Sie schnell und sehen Sie selbst!«
Die Bergrätin aber saß still am Feuer. Unbeweglich. So wie die andere sich Mühe gab zu sehen, strengte sie sich an zu hören.
Sie bat Ingrid still zu sein, damit sie hören könne, wie er gehe. Ja, ja, sie wolle schon still sein. Die gnädige Frau solle genau hören, wie er gehe. Sie hielt sich am Fensterrahmen fest, als könnte ihr das helfen.
»Du sollst ganz still sein«, flüsterte sie sich zu, »damit die Gnädige hören kann, wie er geht.«
Die Bergrätin saß vorgeneigt, mit ganzer Seele lauschend. Hörte sie bereits seine Schritte draußen auf dem Hofplatz? Jetzt erwartete sie wohl, daß er zum Kücheneingang abbiegen werde? Ingrid sah der Gnädigen an, wie sie nicht wagte, etwas anderes zu glauben, als daß er den Weg zur Küche einschlagen werde. Hörte sie jetzt aber, daß es die große Treppe war, die da knarrte? Hörte sie, daß die Tür zum großen Vorplatz unten ging? Hörte sie die eiligen Schritte, die

nun über die Treppe zum oberen Stockwerk heraufkamen? Zwei, drei Stufen auf einmal! Hatte seine Mutter das jetzt gehört? Das waren nicht die schlürfenden Schritte eines Bauern wie vorhin, als er das Haus verließ.
Es war fast unheimlich zu hören, wie er sich der Salontür näherte. Sicherlich hätten sie alle beide aufgeschrien, wäre er nun hereingekommen.
Aber er bog ab und ging über den Flurplatz zu seinen Zimmern.
Die Bergrätin sank im Stuhl zurück, und ihre Augen schlossen sich. Jetzt stürbe sie wohl am liebsten, dachte Ingrid.
Aber ohne die Augen zu öffnen, streckte die Bergrätin die Hand aus. Ingrid kam leise herbei und ergriff sie. Da zog die alte Dame sie zu sich heran.
»Mignon, Mignon«, sagte sie, »das war doch der richtige Name. – Nein«, fuhr sie gleich fort. »Wir wollen nicht weinen. Wir wollen jetzt nicht darüber sprechen. Nimm einen Schemel und setz dich her zum Feuer! Wir wollen uns beruhigen, mein Kind. Wir wollen von etwas anderem reden. Wir müssen ganz ruhig sein, wenn er kommt.«
Eine halbe Stunde später trat Hede ein. Da stand Tee auf dem Tisch, und im Kronleuchter brannten die Kerzen. Er hatte sich wirklich umgezogen und sah aus wie ein Herr. Ingrid und die Bergrätin drückten einander fest die Hände.
Sie hatten sich während des Wartens darauf vorbereitet, ihn hereinkommen zu sehen. Es sei nicht möglich sich auszudenken, was er sagen oder tun werde, hatte

die Bergrätin gemeint. Er sei immer unberechenbar gewesen. Aber sie beide wollten unter allen Umständen ganz ruhig sein.
Ingrid war auch wirklich ruhig geworden. Ein großes, großes Glücksgefühl war über sie gekommen und hatte alle Unruhe in ihr zum Schweigen gebracht. Ihr war zumute wie einem, der auf dem Weg zur Seligkeit des Himmels ist. Ohne alle Sorgen ruhte sie in den Armen der Engel, die sie emportrugen, höher und höher.
Hede aber war keine Verwirrung anzumerken.
»Ich komme nur herein«, begann er, »um zu sagen, daß ich heftige Kopfschmerzen habe und mich gleich hinlegen möchte. Ich spürte es schon unten auf dem Eis.« Die Bergrätin erwiderte nichts darauf. So einfach war alles, aber das hatte sie nicht voraussehen können. Sie brauchte eine Sekunde, um sich darüber klar zu werden, daß er nichts von seiner Krankheit ahnte, sondern irgendwo in der Vergangenheit lebte.
»Aber vielleicht könnte ich vorher noch eine Tasse Tee haben?« fragte er und sah sich um, ein wenig erstaunt über das Schweigen.
Die Bergrätin trat an den Teetisch. Hede sah sie an.
»Hast du geweint, Mama, du bist so still?«
»Wir haben nur gerade über eine traurige Geschichte gesprochen, ich und meine junge Freundin hier«, sagte Mutter und deutete auf Ingrid.
»Ach, Verzeihung!« sagte er. »Ich sah gar nicht, daß du Besuch hast.«
Das junge Mädchen trat in den Lichtkreis, und sie war

so schön, wie nur ein Mensch sein kann, der weiß, daß sich im nächsten Augenblick die Pforten des Himmels für ihn auftun werden.
Er grüßte steif. Nein, er wußte nicht, wen er vor sich hatte. Die Bergrätin stellte vor.
Er sah Ingrid flüchtig an.
»Ich habe Fräulein Berg schon auf dem Eis gesehen«, sagte er dann. Er wußte nichts von ihr, hatte noch nie mit ihr gesprochen.

NEUNTES KAPITEL

Nun kam eine kurze, glückliche Zeit. Allerdings, Gunnar Hede war nicht wirklich gesund, aber die Seinigen waren schon glücklich darüber, glauben zu dürfen, daß er sich auf dem Wege der Besserung befinde. Sein Gedächtnis hatte er fast ganz verloren, lange Zeiträume seines Lebens waren für ihn wie ausgelöscht, er konnte nicht Geige spielen, seine Kenntnisse waren fast ganz entschwunden und seine Denkkraft war so schwach, daß er auch nicht gerne lesen oder schreiben mochte. Aber es ging ihm doch viel besser als vorher; er war nicht mehr verschüchtert, er liebte seine Mutter, er hatte wieder Lebensart und Gewohnheiten eines gebildeten Mannes angenommen. Es war zu verstehen, daß die Bergrätin und ihr ganzes Haus sich glückseligen Gedanken hingaben.

Über Hede lag eine strahlende Stimmung. Nichts als Fröhlichkeit und Freude den ganzen Tag. Er grübelte nie, glitt über alles hinweg, was er nicht begreifen konnte, sprach nie über Dinge, die eine gedankliche Anstrengung erforderten.

Das liebste war ihm körperliche Bewegung. Er nahm Ingrid zum Rodeln und zum Schlittschuhlaufen mit. Zwar redete er dabei nicht viel mit ihr, aber sie hatte

doch ihre Freude daran, ihn begleiten zu dürfen. Er war freundlich gegen Ingrid wie gegen alle andern, aber nicht im geringsten verliebt in sie.
Über seine Braut machte er sich oft Gedanken, er konnte sich nicht erklären, warum sie ihm nicht schrieb oder sonst von sich hören ließ. Aber auch dieser Kummer glitt immer wieder bald von ihm ab. Er schlug sich rasch alle traurigen Gedanken aus dem Kopf.
Ingrid sah ein, daß er auf diese Weise wohl nie ganz gesund werden konnte. Er mußte einmal dazu gezwungen werden nachzudenken, sich auf sich selbst zu besinnen, gerade das, was er jetzt nie zu tun wagte. Aber sie hatte nicht den Mut, ihn zu zwingen, weder sie noch sonst jemand. Wenn er sie einmal ein wenig lieb gewänne, dann – so dachte sie – würde sie es vielleicht wagen. Aber zunächst tat ihnen allen wohl erst einmal eine kurze Zeit des Glückes not.

Um diese Zeit geschah es, daß auf dem Pfarrhof in Raaglanda, auf dem Ingrid aufgewachsen war, ein Kind starb. Und der Totengräber mußte ein Grab dafür schaufeln.
Er grub ganz dicht neben der Stelle, wo er im vergangenen Sommer für Ingrid das Grab aufgeworfen hatte. Und als er nun einige Fuß tief in die Erde eingedrungen war, kam zufällig eine Ecke ihres Sarges zum Vorschein.
Da verzog der Totengräber nun doch den Mund zu einem leichten Schmunzeln. Er hatte ja auch davon gehört, daß die Tote, die da unten im Sarg lag, als Ge-

spenst wiedererschienen sei. Man erzählte sich, es sei ihr noch am selben Begräbnistag geglückt, die Schrauben des Sargdeckels zu lösen. Dann sei sie aus dem Grab gestiegen und habe sich auf dem Pfarrhof gezeigt. Nun, die Pfarrersfrau war nicht allzu beliebt im Kirchspiel, und man hatte wohl recht gerne solche Geschichten über sie berichtet.

Der Totengräber dachte, wenn die Leute nur wüßten, wie gut aufgehoben die Toten da unten in der Erde sind, und wie fest so ein Sargdeckel . . .

Aber da unterbrach er sich mitten in seinem Gedankengang. Denn er sah, daß auf dem Sarg, dessen Ecke er soeben freigelegt hatte, der Deckel schief lag und daß eine der Schrauben nicht eingeschraubt war.

Er sagte nichts, dachte auch nichts, sondern hielt nur mit dem Graben inne und pfiff die ganze Reveille des Wermländischen Regiments vor sich hin, denn er war Soldat gewesen.

Und dann fand er, daß es am besten wäre, dieser Sache auf den Grund zu gehen. Ein Totengräber durfte sich doch nicht mit solchen Gedanken abgeben, daß Tote wiederkommen und in dunklen Herbstnächten ihr Unwesen treiben können. Eilig grub er die Erde weg. Dann klopfte er mit der Schaufel auf den Sarg. Ganz vernehmlich klang es vom Sarg herauf, daß er leer war, leer, leer.

Eine halbe Stunde später stand der Totengräber auf dem Pfarrhof. Dort gab es ein Raten und ein Staunen. Soviel aber erkannten jetzt alle, daß das Mädchen damals im Sack des Dalekarliers gewesen war. Aber was war seitdem aus ihr geworden?

Mutter Anna Stina stand vor dem Backofen auf dem Pfarrhof und überwachte das Kuchenbacken, denn für diesen neuen Leichenschmaus mußte ja wieder Kuchen gebacken werden. Lange Zeit stand sie so da und hörte dem ganzen Gerede zu, ohne ein Wort zu sagen. Sie sorgte nur dafür, daß kein Kuchen verbrannte, zog die Backbleche heraus und schob sie wieder hinein, und wenn sie mit ihrem langen Brotschieber herumhantierte, war es lebensgefährlich, ihr nahezukommen. Auf einmal aber zog sie die Küchenschürze aus, wischte sich Schweiß und Ruß notdürftig aus dem Gesicht und stand drinnen beim Pfarrer, noch ehe sie selber recht wußte, wie dies zugegangen war.
Nach alledem war es nicht verwunderlich, daß eines schönen Märztages ein kleiner roter, mit grünen Tulpen bemalter und mit einem kleinen fuchsbraunen Pferd bespannter Pfarrschlitten vor der Freitreppe von Munkhyttan stand.
Ingrid sollte jetzt natürlich mit heim zur Mutter. Der Pfarrer war gekommen, um sie zu holen. Er machte nicht viele Worte darüber, wie glücklich sie seien, daß sie noch lebe, und was man sonst in solchem Fall sagt. Aber man sah ihm an, wie überaus froh er war. Er hatte es sich nie verzeihen können, daß sie nicht gut genug gegen die Pflegetochter gewesen waren, und jetzt strahlte er vor Glück, daß es ihm nun vergönnt sein sollte, es diesmal besser zu machen.
Kein Wort wurde darüber gesprochen, warum sie die Flucht ergriffen hatte. Solche Dinge ließ man besser unberührt, es hatte keinen Sinn sich nach so langer

Zeit noch damit zu quälen. Aber Ingrid merkte doch, daß die Pfarrersfrau eine schwere Zeit durchgemacht hatte, in der ihr Gewissen sie nicht zur Ruhe kommen ließ. Und sie verstand auch, daß man sie wieder zurückholen wollte, um gut gegen sie sein zu können. Sie sah ein, daß sie beinahe gezwungen war, wieder zum Pfarrhof zurückzukehren, und den Pflegeeltern zu zeigen, daß sie ihnen nichts nachtrug.

Es erschien allen ganz natürlich, daß sie für eine oder zwei Wochen mit heimfolgte. Warum sollte sie das auch nicht tun? Sie konnte nicht vorschützen, daß man sie da brauche, wo sie jetzt sei. Denn sicherlich durfte sie ein paar Wochen fortbleiben, ohne daß Gunnar Hede dadurch einen Schaden erlitt. Freilich fiel es ihr schwer, aber es war wohl das beste, wenn sie nun mitging, da alle es zu wünschen schienen.

Vielleicht hoffte sie, man würde sie noch bitten zu bleiben. Als sie sich in den Schlitten setzte, meinte sie, die Bergrätin oder Jungfer Stava müßten sie doch wieder herausheben und ins Haus tragen. Es war ihr ganz unfaßbar, daß sie nun durch die Allee fuhr, daß der Wald sie aufnahm und daß Munkhyttan hinter ihr zurückblieb. Wie aber, wenn man sie nur aus reiner Güte nicht zurückgehalten hätte? Vielleicht dachten sie, Jugend und Lebensfreude sehnten sich fort aus der Einsamkeit von Munkhyttan. Vielleicht dachten sie, sie sei es müde, einen Irrsinnigen zu pflegen. Sie hob die Hand und wollte in die Zügel greifen, um das Pferd zu wenden. Jetzt, da sie eine Meile vom Hof entfernt war, kam sie erst auf den Gedanken, daß man sie vielleicht nur aus diesem Grunde hatte ziehen las-

sen. Wie gerne wäre sie umgekehrt, um die andern dort zu fragen.
Sich durch dieses große Schweigen rings um sie hindurchzufinden war wie ein Tasten und Umherirren im Dickicht des Waldes. Kein Mensch gab ihr Rat oder Antwort. Föhren und Tannen, Eichhörnchen und Bergeulen, sie konnten nicht stummer sein als die Menschen.

Es war ihr ganz gleichgültig, wie es ihr daheim auf dem Pfarrhof ging. Es ging ihr sehr gut, so schien es ihr, aber, wie gesagt, es war ihr gleichgültig. Und hätte sie auch in einem Schloß und einem verzauberten Garten sein dürfen, es wäre ihr einerlei gewesen. Das weichste Bett ist dem keine gute Liegestatt, der sich in Sehnsucht verzehrt.
Anfangs bat sie jeden Tag, so bescheiden sie nur konnte, man möge sie jetzt, nachdem sie das große Glück erlebt habe, die Mutter und die Geschwister noch einmal wiederzusehen, zurückreisen lassen. Aber da hieß es, die Wege seien schlecht und unbefahrbar. Sie solle sich gedulden, bis die Erde aufgetaut sei, schließlich hinge ihr Leben doch nicht davon ab, daß sie wieder dorthin käme.
Es fiel Ingrid schwer, zu verstehen, warum die Menschen ärgerlich wurden, wenn sie davon sprach, daß sie nach Munkhyttan zurückwolle. Sie waren sich alle gleich darin, Vater und Mutter und auch alle Leute in der Umgegend. Wenn man in Raaglanda war, durfte man sich wohl nach keinem anderen Ort der Welt sehnen.

Sie merkte bald, daß sie am besten gar nicht mehr vom Weggehen sprach, denn mit jedem Mal tauchten nur immer noch mehr Hindernisse auf. Es genügte nicht mehr, daß die Wege noch schlecht waren, nein, man errichtete Zäune und Mauern und zog Gräben rings um sie. Sie sollte stricken und weben und im Frühbeet Pflanzen ziehen. Und sie werde doch nicht vor der großen Geburtstagsfeier auf dem Propsthof wegfahren wollen! Und wollte sie denn wirklich reisen, ehe Karin Landberg Hochzeit gefeiert habe?

Was blieb ihr anderes übrig, als die Hände zum Frühlingshimmel aufzuheben und ihn zu bitten, sich doch mit seiner Arbeit zu beeilen. Als um Sonnenschein und Wärme zu bitten und die gute Sonne anzuflehen, sich mit dem großen Grenzwald besondere Mühe zu geben, kleine heiße Strahlen zwischen die Bäume hineinzuschicken und den Schnee dort wegzuschmelzen. Liebe, liebe Sonne, es ist ja nicht so wichtig, daß im Tal der Schnee schmilzt, laß nur die Berge schneefrei und die Waldpfade gangbar werden, und laß die Mägde in ihre Sennhütten ziehen, laß die Moore trocknen, laß wenigstens den einen Weg gangbar werden, der nur halb so lang ist wie die Landstraße!

Ingrid wußte, wer da nicht mehr auf ein Fuhrwerk warten oder um das Fahrgeld betteln würde, wenn nur erst einmal die Waldwege wieder gangbar wären. Sie wußte, wer da in einer hellen Nacht den Pfarrhof verlassen würde, und wußte auch, wer dies unternähme, ohne auch nur einen einzigen Menschen um Erlaubnis zu fragen.

Sie meinte, daß sie auch früher sich auf den Frühling gefreut habe. Auf den Frühling freuen sich alle jungen Menschen. Jetzt aber wußte Ingrid, daß sie noch nie wirkliche Sehnsucht nach ihm gefühlt hatte. Nein, oh nein, sie hatte noch nicht gewußt, was Sehnsucht ist!

Früher hatte sie sich auf das grüne Laub und die Anemonen gefreut, auf das Lied der Drossel und auf den Kuckucksruf. Aber das war ja nur kindisch gewesen, nichts weiter. Wer nur an das dachte, was schön war, der sehnte sich nach dem Frühling. Nein, die erste Erdscholle, die unter dem Schnee hervorkam, die mußte man aufheben und küssen! Die ersten verknitterten Brennesseln mußte man pflücken, nur um es sich in die Haut einzubrennen, daß nun Frühling war.

Die Menschen waren alle von Herzen gut zu ihr. Aber trotzdem Ingrid nichts sagte, saß der Gedanke in ihnen fest, daß sie immer ihre Abreise im Sinn habe.

»Ich begreife nicht, warum du dorthin willst, um den verrückten Menschen zu hüten«, sagte Karin Landberg eines Tages. Es war, als hätte sie in Ingrids Gedanken gelesen.

»Aber nein, das hat sie sich jetzt aus dem Kopf geschlagen«, warf die Pfarrersfrau ein, noch ehe Ingrid antworten konnte.

Als Karin gegangen war, sagte die Pfarrerin:

»Die Leute wundern sich darüber, daß du von uns fort willst.« Ingrid schwieg. »Man sagt, du habest dich in Hede verliebt, seitdem es ihm besser gehe.«

»Ach nein, nicht seitdem es ihm besser geht«, erwiderte Ingrid, und es kam ihr die Lust zum Lachen.

»Ja, wie dem auch sei, jedenfalls ist er kein Mann zum Heiraten«, erklärte die Pflegemutter. »Vater und ich haben darüber gesprochen, und wir finden es besser für dich, daß du bei uns bleibst.«

»Wie lieb von euch, daß ihr mich behalten wollt«, sagte Ingrid. Und sie war wirklich gerührt, daß die Pfarrersleute es so gut mit ihr meinten.

Aber so fügsam sie auch war, man traute ihr nicht. Es blieb ihr unerklärlich, woher die andern um ihre Sehnsucht wußten. Selbst jetzt, nachdem die Pflegemutter ihr gesagt hatte, daß sie nicht mehr nach Munkhyttan zurückdürfe, gab sich die Pfarrersfrau noch nicht damit zufrieden.

»Sie würden dir wohl schreiben, wenn sie dich dort brauchten«, meinte sie.

Wiederum kam Ingrid das Lachen an. Das wäre wohl das Allermerkwürdigste, wenn aus einem verzauberten Schloß ein Brief käme. Glaubte denn die Pflegemutter, daß der Bergkönig dem Mädchen, das er zu sich in den Berg gelockt hatte, etwa schrieb, als sie zu lange bei ihrer Mutter blieb?

Aber wenn die Pflegemutter erst wüßte, wie viele Botschaften sie erhielt! Da hätte sie sich wohl gar nicht mehr ausgekannt.

Es kamen Botschaften des Nachts im Traum, und es kamen Botschaften am Tage in Traumgesichten. Er ließ Ingrid wissen, daß er sie brauchte. Er war ja so krank, so krank. Sie wußte, daß er nahe daran war, wieder verrückt zu werden, und daß sie zu ihm kommen mußte. Hätte ihr das einer gesagt, sie hätte ihm sofort geantwortet, daß sie das längst wisse.

Ihre großen Sternenaugen schauten in immer weitere Fernen. Wer diesen Blick immer wieder an ihr wahrnahm, der konnte doch nicht daran glauben, daß sie ruhig und brav daheim bleiben werde.

Es ist wohl auch nicht so schwer, einem Menschen anzusehen, ob er glücklich ist oder sich in Sehnsucht verzehrt. Dazu braucht man nur einen kleinen Freudenschimmer in seinen Augen zu sehen, wenn er von der Arbeit hereinkommt oder sich ans Feuer setzt. Aber in Ingrids Augen schimmerte keine Freude, außer, wenn sie den Bergbach sah, wie er, überreich an Wasser, über den Waldhang herabschoß. Denn er war es ja, der ihr den Weg bahnte.

Eines Tages, als Ingrid allein mit Karin Landberg beisammensaß, erzählte sie ihr von ihrem Leben auf Munkhyttan. Karin fragte tief entsetzt, wie Ingrid das habe aushalten können?

Nun stand ja Karin Landberg, wie man weiß, kurz vor ihrer Hochzeit. Und darum konnte sie augenblicklich über nichts anderes reden als über ihren Bräutigam. Alles, was sie wußte, hatte nur er sie gelehrt, und sie unternahm nichts, ohne ihn vorher erst zu fragen.

Nun erinnerte sie sich, daß Olof ihr einmal eine Geschichte über Hede erzählt hatte. Die konnte jetzt vielleicht nützlich sein, um Ingrid, die sich am Ende wirklich in den Verrückten verliebt hatte, abzuschrecken. So fing sie an ihr zu schildern, wie schwachsinnig dieser Hede doch eigentlich sei. Olof

habe ihr erzählt, wie im vergangenen Herbst auf dem Markt ein paar Herren gemeint hätten, der Geißbock sei wahrscheinlich durchaus nicht verrückt. Er stelle sich nur so, um auf diese Weise Kunden anzulocken. Olof aber habe behauptet, er sei doch geistig gestört. Um dies zu beweisen, sei er auf den Viehmarkt gegangen und habe dort eine kleine schäbige Ziege gekauft. Die habe er dann bloß vor sich auf den Tisch gestellt, auf dem alle seine Messer zum Verkauf ausgelegt waren, und schon sei der Geißbock auf und davon gelaufen und habe seinen Sack samt allen Waren im Stich gelassen. Und alle Leute hätten furchtbar gelacht über seine Angst. Einen solchen Narren könne Ingrid doch unmöglich gern haben.
Es war vielleicht unvorsichtig von Karin Landberg, daß sie Ingrid nie anschaute, während sie ihre Geschichte erzählte. Sonst hätte sie wohl gesehen, wie das junge Mädchen die Augenbrauen zusammenzog, und wäre dadurch vielleicht gewarnt worden.
»Und du willst einen heiraten, der so etwas getan hat?« sagte Ingrid. »Da wäre es ja tausendmal besser, den Geißbock zu heiraten, will mir scheinen.«
Und so klar und eindeutig hatte Ingrid dies gesagt – die sonst so sanfte Ingrid, die niemals harte Worte gebrauchte –, daß Karin sich zu innerst getroffen fühlte. Ein paar Tage lang machte sie sich ernstliche Gedanken darüber, Olof könnte nicht der sein, den sie in ihm sehen wollte. Dies verbitterte ihr wirklich das Leben, bis sie sich endlich entschloß, Olof die ganze Sache zu erzählen. Und da war er denn edel genug, sie zu trösten und zu beruhigen.

Im Wermland auf den Frühling zu warten, wird einem nicht leicht gemacht. Da kann es geschehen, daß am Morgen nach einem sonnigen und warmen Abend das ganze Land wieder unter einer weißen Schneedecke liegt. Stachelbeerbüsche und Wiesen werden wohl grün, aber der Birkenwald steht noch kahl da und ist gleichsam zu eigensinnig, um auszuschlagen.
Um die Pfingstzeit war es wohl Frühling im Tal unten, aber Ingrids Bitten hatten nichts gefruchtet. Nicht eine einzige Sennerin war in den Wald hinaufgezogen, nicht ein einziges Moor war ausgetrocknet, es war immer noch unmöglich, auf dem Waldweg vorwärtszugelangen. Am Pfingstsonntag waren Ingrid und die Pflegemutter in der Kirche. Dem hohen Feiertag zu Ehren hatten sie im Wagen fahren dürfen. Früher einmal hatte Ingrid große Freude daran gefunden, in voller Fahrt bei der Kirche anzukommen, während die Leute, die auf dem Kirchanger und am Wegrand standen, grüßend den Hut zogen, und jene, die auf der Straße gingen, mit großen Sätzen zur Seite sprangen, als seien sie ganz und gar überwältigt. Heute aber vermochte Ingrid an nichts Gefallen zu finden. »Die Sehnsucht beraubt die Rose ihres Duftes und den Vollmond seines Glanzes«, sagt ein Sprichwort.
Aber was Ingrid dann in der Kirche hörte, das gefiel ihr. Es tat wohl zu hören, wie die Sehnsucht der Jünger durch ein freudiges Wunder gestillt wurde. Und daß Jesus jene trösten wollte, die sich in Sehnsucht nach ihm verzehrten, war auch ihr ein Trost.
Während Ingrid und alle andern in der Kirche saßen,

kam ein hochgewachsener Mann die Straße daher. Es war ein Dalekarlier, und er ging im Schafspelz und trug den schweren Kramsack auf dem Rücken, wie einer, der nicht Winter vom Sommer, noch Werktag vom Feiertag unterscheiden kann. Er trat nicht in die Kirche ein, sondern schlich sich ängstlich an den Pferden am Wegrand vorbei und zum Friedhof.

Dort setzte er sich auf ein Grab und dachte an alle die Toten, die noch schliefen, und an eine Tote, die wieder zum Leben erwacht war. Und als die Leute die Kirche verließen, saß er immer noch da.

Karin Landbergs Olof war einer der ersten, die heraustraten, und als er zufällig einen Blick zum Friedhof hinüberwarf, sah er den Dalekarlier sitzen. War es nun Neugierde oder etwas anderes, das ihn trieb – wer kann das wissen? Jedenfalls ging er hin, um mit dem Mann dort zu sprechen. Er wollte sehen, ob es möglich sei, daß jener, von dem es hieß, er sei geheilt, doch wieder wahnsinnig geworden war.

Und es war möglich. Denn der Mann fing sogleich an, dem jungen Bräutigam zu erzählen, er sitze hier, um auf eine zu warten, die Grablilie heiße. Sie werde kommen und ihm vorspielen. Sie könne so spielen, daß die Sonne und die Sterne im Reigen tanzten.

Da sagte Karin Landbergs Olof zu dem Dalekarlier, daß die, auf die er warte, drüben auf dem Kirchanger stehe. Er brauche sich nur aufzurichten, dann könne er sie dort sehen. Sie werde sich ganz gewiß freuen, ihn zu treffen.

Die Pfarrersfrau und Ingrid waren gerade im Begriff, den Wagen zu besteigen, als ein Dalekarlier auf sie

zueilte. Er lief schnell, trotz der vielen Pferde, vor denen er sich verneigen mußte, und er winkte dem jungen Mädchen eifrig zu.
Als Ingrid ihn erblickte, blieb sie unbeweglich stehen. Sie hätte nicht zu sagen vermocht, ob sie glücklich war, ihn zu sehen oder vielmehr verzweifelt darüber, daß er wieder verrückt geworden war. Sie vergaß nur die ganze Welt rings um sich.
Und ihre Augen begannen zu leuchten. In diesem Augenblick sah sie sicherlich nichts von dem armseligen, jammervollen Menschen, sondern empfand nur die Nähe der vornehmen Seele, nach der sie sich krank gesehnt hatte.
Der ganze Platz ringsum war voll von Kirchgängern, und sie alle konnten nicht anders, sondern mußten sie anschauen. Keiner vermochte den Blick von ihrem Gesicht zu wenden. Sie machte keine Bewegung, um ihm entgegenzueilen, sie stand nur still da und wartete auf ihn. Aber allen, die sahen, wie sie vor Glück strahlte, wollte es fast scheinen, als sei es ein großer und wunderbarer Mensch und nicht ein Irrer, der auf sie zukam. Später sagten sie, es sei fast so gewesen, als habe eine Verbindung bestanden, eine geheime Verbindung zwischen seiner und ihrer Seele, so tief unter dem Bewußtsein verborgen, daß Menschenverstand nicht dorthin zu dringen vermöge.
Aber als Hede nur noch wenige Schritte von Ingrid entfernt war, umfaßte die Pflegemutter sie mit raschem Griff und hob sie in den Wagen. Sie wollte es nicht zu einem Zusammentreffen zwischen diesen beiden kommen lassen, hier auf dem Kirchplatz, in

Gegenwart so vieler Menschen. Und kaum saßen sie im Wagen, da trieb auch der Knecht schon die Pferde zum Galopp an. Hinter ihnen klangen ein paar gräßliche, wilde Schreie auf. Die Pfarrersfrau dankte Gott, daß das Mädchen in Sicherheit neben ihr im Wagen saß.

Es war noch nicht spät am Nachmittag, als ein Bauer auf den Pfarrhof kam, um mit dem Pastor zu sprechen. Es handle sich um den närrischen Dalekarlier, der jetzt so völlig verrückt geworden sei, daß sie ihn hätten binden müssen. Was rate nun der Herr Pastor? Was sollten sie mit ihm anfangen?

Der Pastor wußte keinen anderen Rat, als daß sie ihn in seine Heimat bringen sollten. Und er sagte dem Bauern, wer der Irre war und wo er daheim sei.

Später am Abend erzählte er Ingrid alles, was er erfahren hatte. Es schien ihm am besten, ihr die Wahrheit zu sagen, damit sie ihre Vernunft walten lassen konnte.

Aber als die Nacht kam, war Ingrid sich darüber klargeworden, daß sie keine Zeit mehr hatte, noch länger auf den Frühling zu warten. Und so machte sie sich – ein unglückliches Kind – auf den Weg, um auf der Landstraße nach Munkhyttan zu wandern. Sie hoffte, doch auf diese Weise dorthin zu gelangen, wenngleich die Straße noch einmal so weit war wie der Weg durch den Wald.

Zehntes Kapitel

Es war am Nachmittag des zweiten Pfingsttages. Ingrid wanderte auf der Landstraße dahin. Durch eine liebliche Gegend mit sanften Hügeln und mit Birkenhainen, die wie kleine Inseln zwischen Feldern und Wiesen lagen. Eberesche und Faulbaum standen in Blüte, an den Espen schimmerten hellgrüne klebrige Blätter und in den Straßengräben rieselte klares Wasser, das die frischgewaschenen Steine auf dem Grunde glitzern und glänzen ließ.

Voll Kummer dachte Ingrid an ihn, dessen Geist sich wieder verwirrt hatte, und fragte sich zweifelnd, ob es ihr je gelingen könnte, etwas für ihn zu tun. Sie wußte jetzt nicht mehr, ob ihre heimliche Flucht vom Pfarrhof ihm noch Hilfe bringen konnte.

Sie war hungrig und müde, die Schuhe fingen an zu zerreißen. Fast schon wollte sie wieder umkehren – sie kam wohl doch nie ans Ziel.

Je länger sie dahinwanderte, desto trauriger wurde sie. Der Gedanke ließ sie nicht los, daß ihr Kommen jetzt, seit er wieder völlig irrsinnig geworden war, keinen Sinn mehr habe. Sicherlich war es viel zu spät und nichts würde mehr helfen.

Als sie nun aber wirklich umkehren wollte, tauchte Hedes Gesicht dicht neben ihrer Wange auf, wie sie es schon so oft gesehen hatte. Da wurde sie wieder von neuer Hoffnung erfüllt, sie glaubte, er rufe sie, und es überkam sie eine starke Gewißheit und Zuversicht, daß es ihr doch noch gelingen werde, ihn zu heilen.

Und gerade als Ingrid den Kopf hob und nicht mehr ganz so betrübt dreinsah, kam ihr ein wunderlicher Aufzug entgegen.

Es war ein Karren, von einem kleinen Pferd gezogen, auf diesem Karren saß eine dicke Frau und nebenher ging ein magerer, vom Leben verbrauchter Mann mit einem langen Schnurrbart.

Hier auf dem Land, wo niemand etwas von Künstlern verstand, waren Herr und Frau Blomgren immer darauf bedacht, wie einfache Bürgersleute auszusehen. Der kleine Wagen, mit dem sie umherfuhren, war sorgsam zugedeckt. Niemand konnte ahnen, daß er nichts anderes als Feuerwerkskörper, Zauberapparate und Marionetten enthielt.

Niemand konnte wissen, daß die dicke Alte, die hoch droben auf dem Wagen thronte und wie eine behäbige Bürgersfrau aussah, jene frühere Miß Viola war, die einstmals durch die Lüfte flog, oder daß der Mann, der nebenher ging und wie ein verabschiedeter Soldat aussah, derselbe Herr Blomgren war, der sich die Langeweile auf dieser Wanderung damit vertrieb, daß er von Zeit zu Zeit eine Volte über sein Pferd schlug und seine Kunst als Bauchredner übte und damit die Drosseln und Zeisige, die in den Bäumen an der Straße sangen, völlig aus dem Häuschen brachte.

Das Pferd war ein winzig kleines Tier, das früher einmal ein Karussell gezogen hatte, und auch heute noch wollte es nur gehen, wenn es Musik hörte. Deshalb blies Frau Blomgren hoch droben auf ihrem Sitz meistens auf der Mundharmonika. Nur wenn ihnen jemand begegnete, stopfte sie das Instrument schnell in die Tasche, denn man sollte beileibe nicht merken, daß sie zu diesem Künstlervolk gehörten, vor dem auf dem Land kein Mensch Respekt hatte. Zwar kamen sie auf diese Weise nicht gerade schnell vom Fleck, aber sie hatten ja keine Eile.

Der blinde Geigenspieler durfte ihnen nur in einiger Entfernung folgen, damit man nicht erriet, daß er zu ihnen gehörte. Dieser Blinde wurde von einem kleinen Hund geführt. Sich von einem Kind führen zu lassen, hatten Herr und Frau Blomgren ihm verboten. Sie wären dadurch beständig an ein kleines Mädchen erinnert worden, und das wäre schmerzlich für sie gewesen.

Und nun hatte der Frühling diese Menschen aufs Land herausgelockt. Denn, mochten sie in den Städten auch noch so viel verdienen, um diese Jahreszeit mußten sie ins weite Land hinausziehen. Sie waren doch Künstler, Herr und Frau Blomgren!

Sie erkannten Ingrid nicht wieder, und so ging sie an ihnen vorbei, ohne zu grüßen, denn sie hatte es eilig und fürchtete aufgehalten zu werden. Aber schon im nächsten Augenblick kam sie sich abscheulich und herzlos vor und kehrte um.

Wäre es Ingrid möglich gewesen, sich überhaupt an etwas zu freuen, so hätte das Entzücken dieser alten

Menschen über das Wiedersehen mit ihr sie froh machen müssen. Es entspann sich eine lange Unterhaltung im schauderhaftestem Kauderwelsch. Das kleine Pferdchen wandte von Zeit zu Zeit den Kopf zurück, um nachzuschauen, ob am Ende das Karussell zusammengebrochen sei.

Merkwürdigerweise war es aber Ingrid, die am meisten redete. Die Alten hatten ihr gleich angesehen, daß sie geweint hatte und waren darüber tief bekümmert. Nun ließen sie ihr keine Ruhe, bis sie ihnen schließlich ihr ganzes Schicksal und alle ihre Abenteuer berichtete.

Für Ingrid war es eine Wohltat, so erzählen zu dürfen, denn die beiden Alten hatten ihre eigene Art, auf alles einzugehen. Sie klatschten vor Begeisterung in die Hände, als Ingrid schilderte, wie sie aus dem Grab herauskam, und als sie hörten, wie die Pfarrersfrau sich zu Tode erschreckte.

Sie streichelten sie und lobten sie dafür, daß sie vom Pfarrhof davongelaufen war. Für sie gab es nichts Schweres und Kummervolles, ihnen schien alles leicht und voller Hoffnung.

Es fehlte ihnen eben das Maß, um die Wirklichkeit damit zu messen, darum konnte ihnen deren Rauheit auch nichts anhaben. Sie verglichen alles, was sie hörten, mit Puppenstücken und Pantomimen. Ein bißchen Kummer und Elend streute man ja auch in die Pantomimen ein, aber bloß um die Wirkung zu erhöhen. Und natürlich mußte alles ein gutes Ende haben. Bei Pantomimen gab es immer ein schönes Ende.

So viel Hoffnungsfreudigkeit wirkte beinahe anstekkend. Ingrid wußte zwar, daß die guten Leute keineswegs begriffen, wie groß ihr Unglück war, doch es heiterte sie auf, ihren Reden zuzuhören.
Aber Ingrid erhielt auch wirkliche Hilfe durch sie. Sie sprachen darüber, wie erst vor kurzem, als sie im Gasthaus von Torsaker vom Mittagessen aufstanden, ein paar Bauern mit einem Irren vorgefahren seien. Da Frau Blomgren aber den Anblick von geisteskranken Menschen nicht ertragen konnte, habe sie sofort aufbrechen wollen, und Herr Blomgren hatte sich ihrem Wunsch gefügt. Sollte dies etwa der Verrückte sein, den Ingrid suchte? Sie hatten die Frage noch kaum ausgesprochen, als Ingrid sofort sagte, sie glaube das ganz bestimmt, und sie wolle nun schnell weitergehen.
Da aber fragte Herr Blomgren seine Frau auf die ihm eigene feierliche Art, ob sie denn nicht einzig und allein um des Frühlings willen unterwegs seien, und ob es da nicht ganz gleichgültig sei, wohin sie führen? Und die alte Frau Blomgren fragte ebenso pathetisch zurück, ob er etwa geglaubt habe, sie würde ihre geliebte Ingrid verlassen, ehe diese ihr Glück gefunden habe?
Und also wurde das Karussellpferd wieder gedreht. Aber die Unterhaltung war jetzt etwas mühsamer, denn es mußte ja wieder auf der Mundharmonika geblasen werden. Wenn dann Frau Blomgren etwas sagen wollte, überließ sie das Instrument Herrn Blomgren, und wenn Herr Blomgren sprechen wollte, gab er es wieder an seine Frau zurück. Und

jedesmal, wenn die Harmonika von Mund zu Mund ging, blieb das Pferdchen stehen.

Lauter tröstliche Dinge waren es, die sie Ingrid zu sagen wußten. Sie holten alle Märchen hervor, die sie je auf einer Puppenbühne gesehen hatten, sie trösteten sie mit Dornröschen, und sie trösteten sie mit Aschenbrödel. Sie trösteten sie mit allen Märchen der Welt.

Und als sie nun sahen, daß Ingrids Augen wieder ein wenig zu leuchten begannen, betrachteten Herr und Frau Blomgren das Mädchen genauer.

»Künstleraugen!« sagten sie und nickten einander befriedigt zu. »Was haben wir immer gesagt? Künstleraugen!«

Auf unerforschliche Weise waren sie plötzlich davon überzeugt, daß Ingrid eine der Ihren geworden sei, daß sie zum Künstlervolk gehöre. Sie meinten, sie spiele in einem Drama mit. Dies war ein Triumph für sie auf ihre alten Tage. Und nun fuhren sie so rasch sie konnten weiter. Denn das alte Ehepaar war sehr besorgt, der Verrückte könnte nicht mehr im Gasthaus sein.

Aber er war noch da, und nicht nur das, sondern weit schlimmer – niemand wußte, wie man ihn von dort wieder wegbekommen sollte.

Die beiden Bauern von Raaglanda, die mit ihm gekommen waren, hatten ihn, während sie auf frische Pferde warteten, in eines der Gastzimmer gebracht und dort eingeschlossen. Als sie ihn dort verließen, waren ihm die Hände fest und sicher auf den Rücken gebunden. Trotzdem war es ihm später geglückt, kein

Mensch wußte wie, sich von den Fesseln zu befreien, und als die Männer kamen, um ihn abzuholen, stand er frei und ledig da und hielt voller Wut einen Stuhl gepackt, bereit, sich gegen jeden zur Wehr zu setzen. Da war den Bauern nichts anderes übriggeblieben, als sich schleunigst zurückzuziehen und die Tür wieder zu verriegeln. Jetzt warteten sie auf den Wirt und seine Knechte, die man hatte holen lassen, damit sie mannsstark genug wären, um den Verrückten wieder zu binden.

Und doch erlosch in Ingrid die Hoffnung nicht, die die alten Freunde in ihr erweckt hatten. Zwar erkannte sie, daß Hedes Zustand schlechter war denn je zuvor, aber sie hoffte trotzdem noch. Nicht die Märchen, sondern nur die große Liebe dieser Freunde hatten ihre Zuversicht wieder gestärkt.

Sie bat die Bauern, sie zu Hede hineinzulassen, erklärte ihnen, sie kenne ihn und sie sei sicher, daß er ihr nichts zuleid tun werde. Aber die Männer gaben ihr nur zur Antwort, sie seien doch nicht auch verrückt. Der da drinnen schlüge jeden tot, der zu ihm hineinkäme und sich nicht verteidigen könne.

Lange Zeit saß Ingrid schweigsam und nachdenklich da. Es schien ihr wie ein Wunder, daß sie gerade heute Herrn und Frau Blomgren begegnet war. Darin mußte doch eine bestimmte Fügung liegen. Sicherlich wären sie ihr nicht begegnet, wenn es nicht so hätte kommen müssen.

Und dann fing Ingrid an darüber nachzudenken, auf welche Weise Hede das erstemal gesund geworden war. Konnte sie ihn denn nicht auch jetzt dazu bringen etwas zu tun, das alte Erinnerungen in ihm weckte, das ihn von diesen Wahnvorstellungen ablenkte? Sie dachte und grübelte – –

Herr und Frau Blomgren saßen auf einer Bank vor dem Gasthaus und sahen so unglücklich aus wie noch nie in ihrem Leben. Sie waren dem Weinen nahe.

Da trat sie zu ihnen, ihre Ingrid, und lächelte ihnen zu, wie nur sie es konnte, streichelte ihnen die alten, runzligen Wangen und bat sie, ihr doch die große Freude zu machen und sie wieder eine jener Vorstellungen erleben zu lassen, bei denen sie früher tagtäglich hatte dabei sein dürfen. Das würde ihr ein solcher Trost sein.

Zuerst sagten sie nein, denn sie waren wirklich nicht in der richtigen Künstlerlaune dazu. Nachdem aber Ingrid sie noch ein paarmal angelächelt hatte, konnten sie ihr nicht länger widerstehen. Sie gingen zum Wagen und packten ihre Trikotanzüge aus.

Als sie umgezogen waren und auch noch den Blinden herbeigerufen hatten, wählte Ingrid den Platz aus, auf dem die Vorstellung stattfinden sollte. Sie wollte nicht, daß Herr und Frau Blomgren vor dem Gasthaus aufträten, sondern führte sie in den dahinterliegenden Garten, der zu dem Gasthaus gehörte. Zwar gab es dort nur kahle Gemüsebeete, in denen noch nichts aufgegangen war, aber da und dort stand ein blühender Apfelbaum. Und Ingrid erklärte, sie wolle Herrn und Frau Blomgren unter einem blühenden Apfelbaum auftreten sehen.

Ein paar Knechte und Mägde kamen herbeigelaufen, angelockt von den Klängen der Geige, und so bildete sich sogar ein kleiner Kreis von Zuschauern.
Trotzdem fühlten Herr und Frau Blomgren keine Lust zum Auftreten. Ingrid verlangte zuviel von ihnen. Sie waren wirklich in einer zu traurigen Stimmung.
Und zu allem Unglück hatte Ingrid sie auf die Gartenseite geführt, wo sich die Gastzimmer befanden! Daran hatte sie wohl nicht gedacht? Frau Blomgren wäre beinahe auf und davon gelaufen, als sie hörte, wie in einem dieser Zimmer das Fenster heftig aufgerissen wurde. Vielleicht hatte der Verrückte die Musik gehört? Wie schrecklich, wenn er durchs Fenster spränge und zu ihnen herunterkäme!
Doch Frau Blomgren beruhigte sich wieder, als sie sah, daß es ein gut aussehender junger Mann war, der da am Fenster stand. Allerdings war er in Hemdärmeln, sonst aber durchaus ordentlich gekleidet. Sein Blick war ruhig, die Lippen lächelten, und er strich sich mit der Hand das Haar aus der Stirn.
Herr Blomgren war so in seine Arbeit und in die ganze Vorstellung vertieft, daß er nichts merkte. Frau Blomgren dagegen, die nichts weiter zu tun hatte als Kußhände auszuteilen, konnte auf alles achtgeben.
War es nicht merkwürdig, wie die kleine Ingrid so plötzlich strahlte? Ihre Augen glänzten wie noch nie zuvor, und ihr Gesicht war so weiß geworden, daß es vor Blässe leuchtete. Und all dieser Strahlenglanz war dem Mann dort oben im Fenster zugewandt.

Der besann sich auch nicht lange, sondern stieg aufs Fensterbrett und sprang zu ihnen heraus. Dann ging er auf den Blinden zu und bat um die Geige.
Und Ingrid nahm dem Blinden sofort die Geige aus der Hand und reichte sie dem Fremden.
»Spielen Sie doch den Walzer aus dem Freischütz«, sagte sie.
Da begann der Fremde zu spielen, und Ingrid lächelte. Und sie sah dabei so überirdisch aus, daß Frau Blomgren meinte, sie werde sich in einen Sonnenstrahl auflösen und davonfliegen.
Als aber Frau Blomgren den Fremden spielen hörte, erkannte sie ihn wieder.
»Ach so«, sagte sie vor sich hin, »ach so. Das ist also er. Soso, darum wollte sie uns alte Leute auftreten sehen.«

So war es also zugegangen, daß Gunnar Hede, der wütend in seinem Zimmer umherlief und am liebsten jemand totgeschlagen hätte, einen Blinden vor seinem Fenster spielen hörte. Und das trug ihn wieder in eine Begebenheit seines früheren Lebens zurück.
Er begann darüber nachzudenken, wo seine eigene Geige sein könnte, und erinnerte sich nun, daß Aalin sie mitgenommen hatte. Was blieb da anderes übrig als zu versuchen, ob nicht der Blinde dort unten ihm die seine für eine Weile überließe, damit er spielen und so wieder zur Ruhe kommen könnte. Er war so ungeheuer erregt.
Und sobald er die Geige des Blinden in der Hand hielt, fing er zu spielen an. Es fiel ihm gar nicht ein,

daß er etwa nicht spielen könnte. Er ahnte ja nicht, daß er während der letztvergangenen Jahre nur ein paar kümmerliche Melodien hatte spielen können.

So vollkommen lebte er in der Vorstellung, vor dem mit wildem Wein bewachsenen Haus in Uppsala zu stehen, daß er nun darauf wartete, die Kunstreiter tanzen zu sehen, so wie sie es das erstemal getan hatten.

Er versuchte sie durch lebhafteres Spiel zum Tanzen zu zwingen, aber seine Finger waren steif und unbeholfen, und der Bogen wollte nicht gehorchen. Er gab sich solche Mühe, daß ihm Schweißtropfen auf die Stirne traten. Endlich fand er doch die richtige Melodie. Es war die gleiche, nach der sie seinerzeit getanzt hatten. Er spielte sie so lockend und so verführerisch, daß einem das Herz weich werden konnte.

Aber die alten Akrobaten fingen nicht zu tanzen an. So viele Jahre waren vergangen, seit sie Hede in Uppsala getroffen hatten. Sie erinnerten sich nicht mehr, wie sein Spiel sie damals hingerissen hatte. Sie ahnten nicht, was er von ihnen erwartete.

Hede blickte fragend zu Ingrid hinüber, um von ihr zu erfahren, warum die Kunstreiter nicht tanzten. Als er aber ihre Augen sah, die jetzt in so überirdischem Glanze strahlten, geriet er so in Verwunderung, daß er zu spielen aufhörte.

Einen Augenblick stand er da und sah sich im Kreis um. Es waren merkwürdige, unruhige Blicke, die er da auf sich gerichtet sah.

Wenn die Leute ihn aber so anstarrten, konnte er un-

möglich spielen. Und darum ging er einfach weg. Weiter hinten im Garten sah er einen blühenden Apfelbaum. Dort ging er hin.
Nun erkannte er auch, daß alles ganz anders war als es nach seiner Vorstellung hätte sein müssen. Aalin hatte ihn nicht eingesperrt, und er war nicht in Uppsala. Der Garten war zu groß, und das Haus war nicht mit wildem Wein bewachsen. Nein, das konnte nicht Uppsala sein.
Aber es war ihm ziemlich gleichgültig, wo er sich befand. Ihm schien es, als habe er seit hundert Jahren nicht mehr gespielt und habe nun endlich eine Geige in die Hand bekommen. Jetzt wollte er nur spielen.
Er legte die Geige an die Wange und spielte. Aber wiederum waren ihm die steifen Finger hinderlich. Er konnte nur die allereinfachsten Melodien zuwege bringen.
»Da heißt es aber wieder ganz von vorne anfangen«, sagte er zu sich selbst. Und er lächelte vor sich hin und begann ein kleines Menuett. Es war das erste Musikstück, das er früher einmal gelernt hatte. Der Vater hatte es ihm vorgespielt, und er hatte es nachgespielt, nur nach dem Gehör. Er sah plötzlich alles wieder vor sich. Und er hörte die Worte: »Tanzen wollte unser Prinzchen, aber ach, er brach sein Bein.«
Nun versuchte er es mit verschiedenen leichten Tanzmelodien aus seiner Schuljungenzeit. Man hatte ihn damals gebeten in einem Mädchenpensionat zu den Tanzübungen der Schülerinnen zu spielen. Jetzt sah er wieder die kleinen Mädchen hüpfen und sich im

Kreis drehen und hörte, wie die Tanzlehrerin mit dem Fuß den Takt dazu stampfte.

Dann wurde er kühner. Er spielte die erste Stimme eines Streichquartetts von Mozart. Damals, als er dies einstudierte, war er Gymnasiast in Falun gewesen. Einige alte Herren hatten das Quartett für ein Konzert einstudiert. Dann aber war der erste Geiger krank geworden, und so hatte Hede trotz seiner Jugend die Stimme übernehmen dürfen. Da war er nicht wenig stolz gewesen.

Gunnar Hede dachte eigentlich vor allem nur daran, mit seinen Fingern zurechtzukommen, als er diese kindlichen Übungen spielte. Bald aber merkte er, daß eine seltsame Veränderung in ihm vorging.

Er hatte das deutliche Gefühl einer großen Dunkelheit in seinem Bewußtsein, die seine Vergangenheit verborgen hielt. Sobald er versuchte, sich an frühere Erlebnisse zu erinnern, war es wie ein Suchen und Herumtasten in einem dunklen Zimmer. Wenn er aber spielte, wich die Dunkelheit um ein weniges zurück. Und so war, ohne daß er daran gedacht hatte, die Dunkelheit nun so weit zurückgewichen, daß er sich an seine Kindheitsjahre und an die Schulzeit erinnern konnte.

Da beschloß er, sich von der Geige führen zu lassen, vielleicht gelang es ihr, das Dunkel ganz zu vertreiben. Und so geschah es: Mit jedem Stück, das er spielte, glitt das dämmernde Dunkel weiter weg. Die Geige führte ihn durch die Vergangenheit, Jahr für Jahr, weckte in ihm die Erinnerung an Studium, an Freunde und frohe Stunden. Die Dunkelheit stand dicht vor ihm, wenn er ihr aber mit der Geige bewaffnet entgegentrat, wich sie Schritt um Schritt zurück. Manchmal schaute er hinter sich, als wollte er sehen, ob sie sich hinter ihm wieder zusammenschließe. Dort aber war heller Tag.

Nun spielte die Geige verschiedene Duette, die für Geige und Klavier geschrieben waren. Immer nur einige Takte von jedem. Aber die Dunkelheit wich um ein großes Stück zurück: er innerte sich nun seiner Braut und der Zeit seiner Verlobung.

Gerne hätte er hier verweilt, aber vor ihm lag noch viel Dunkelheit, die er wegspielen mußte. Es war keine Zeit zum Verweilen.

Er ging in einen Choral über. Den hatte er einmal gehört, als er sehr traurig war. Es war in einer Dorfkirche gewesen, dessen erinnerte er sich jetzt. Aber warum war er traurig gewesen? Weil er wie ein armer Händler mit Waren durchs Land zog. Das war ein hartes Leben gewesen, und die Erinnerung daran tat weh.

Jetzt fuhr der Bogen wie ein Wirbelwind über die Saiten, und wieder tat sich ein weiter Riß in der Finsternis auf. Er sah den großen Wald, die eingeschneiten Tiere, die seltsam geformten Schneewehen, die sich über ihnen gebildet hatten. Er entsann sich der Reise zu seiner Braut, entsann sich, wie sie die Verlobung gelöst hatte. All das lag auf einmal klar vor ihm.

Aber er empfand weder Freude noch Kummer dabei. Wichtig war nur, daß er sich überhaupt erinnerte. Dies allein brachte ihm unendliche Befriedigung.

Dann hielt der Bogen gleichsam von selber inne. Er wollte Hede nicht mehr weiterführen. Und doch war hier noch mehr, noch viel mehr, an das er sich erinnern mußte. Immer noch stand die Dunkelheit wie eine starre Mauer vor ihm.
Er zwang den Bogen weiterzugehen. Und da spielte dieser zwei kleine unbedeutende Melodien, die allerkümmerlichsten, die Hede je gehört hatte. Wie hatte denn sein Bogen so etwas gelernt?
Vor diesen Melodien wich die Dunkelheit um keinen Schritt zurück. Sie lehrten ihn eigentlich nichts. Aber aus ihnen wuchs eine Angst empor, wie er sie noch nie erlebt hatte. Eine unsinnige, entsetzliche Angst der Seele, das fassungslose Grauen der Verdammten.
Er mußte zu spielen aufhören, da er es nicht mehr ertrug. Was war in diesen Melodien, was war es?
Vor ihnen wollte die Dunkelheit überhaupt nicht weichen, und das Schrecklichste daran war, daß sie sogar wieder auf ihn zuzukommen schien, um ihn ganz einzuschließen, sobald er sie nicht mit der Geige vor sich hertrieb.
Er hatte bisher mit halbgeschlossenen Augen gespielt, jetzt hob er die Lider und schaute in die Welt der Wirklichkeit hinein. Da erblickte er Ingrid, die dagestanden und ihm unverwandt zugehört hatte.
Und er fragte sie, nicht weil er eine Antwort erhoffte, sondern nur, um das Dunkel für einen Augenblick aufhalten zu können:
»Wann habe ich das zuletzt gespielt?«
Ingrid zitterte an allen Gliedern, aber ihr Entschluß

war gefaßt. Wie es auch gehen mochte, jetzt sollte er die Wahrheit erfahren. Wie es auch gehen mochte, sie wollte sie ihm sagen.

Und obwohl sie Angst hatte, war sie doch auch mutig und fest entschlossen. Er sollte ihr jetzt nicht ausweichen, sollte ihr nicht entgleiten dürfen.

Trotz allem Mut aber wagte sie es doch nicht, Hede ganz schonungslos zu sagen, daß dies die Melodien waren, die er in der Zeit seiner geistigen Umnachtung gespielt hatte, sondern sie umging die Frage und sagte nur:

»Die hast du im vergangenen Winter daheim auf Munkhyttan gespielt.«

Hede fühlte sich von vielen Geheimnissen umgeben. Warum sagte dieses Mädchen du zu ihm? Sie war nicht von einfachen Leuten, denn sie trug das Haar nach Damenart hoch aufgesteckt und zu kleinen Locken gedreht. Der Stoff des Kleides war wohl hausgesponnen, aber um den Hals hatte sie ein Spitzentuch geschlungen. Die Haut war weiß und die Hände waren klein. Das feine Gesicht mit den großen verträumten Augen konnte nicht einem Bauernmädchen gehören. Hedes Erinnerung vermochte ihm nichts über sie zu sagen. Wieso aber sagte sie du zu ihm? Woher wußte sie, daß er diese Melodien daheim gespielt hatte?

»Wie heißt du?« fragte er. »Wer bist du?«

»Ich bin Ingrid, die du vor vielen Jahren in Uppsala gesehen hast. Du hast mich damals getröstet, weil ich das Seiltanzen nicht lernen konnte.«

Dies reichte in jene Vergangenheit zurück, die sich für

Hede schon aufgehellt hatte. Er konnte sich sehr gut an Ingrid erinnern.
»Wie groß und schön du geworden bist, Ingrid!« sagte er. »Und so fein! Und was hast du da für eine hübsche Brosche!« Die ganze Zeit schon hatte er diese Brosche betrachtet, da sie ihm so bekannt vorkam. Sie war ganz ähnlich jener Brosche aus Emaille und Perlen, die seiner Mutter gehörte.
Und da erwiderte das Mädchen auch schon:
»Diese Brosche habe ich von deiner Mutter bekommen. Du hast sie sicher schon früher gesehen.«
Jetzt legte Gunnar Hede die Geige weg und trat auf Ingrid zu. Heftig und erregt fragte er sie:
»Wie ist das möglich? Wie kommt es, daß du ihre Brosche trägst? Warum weiß ich nichts davon, daß du meine Mutter kennst?«
Ingrid erschrak, sie wurde ganz blaß vor Angst, denn sie wußte bereits, wie die nächste Frage lauten würde.
»Ich weiß nichts, Ingrid, ich weiß nicht, wieso ich hier bin. Ich weiß nicht, wieso du hier bist. Warum weiß ich das nicht?«
»Nein, nein, frag mich das nicht!« Sie wich vor ihm zurück und hob die Hände wie zur Abwehr.
»Willst du es nicht sagen?«
»Frag nicht, frag nicht!«
Er faßte sie hart beim Handgelenk, um sich die Wahrheit zu erzwingen.
»Sag es nur! Ich habe doch meine fünf Sinne beisammen. Warum gibt es hier Dinge, an die ich mich nicht erinnern kann?«

Sie gewahrte einen wilden und drohenden Ausdruck in seinen Augen. Er wußte schon jetzt, was sie ihm nun sagen würde. Aber sie fühlte, wie unmöglich es war, einem Menschen zu sagen, er sei verrückt gewesen. Das war viel schwerer, als sie gedacht hatte. Unmöglich war das, unmöglich.

»Sag es!« wiederholte er. Doch sie hörte seiner Stimme an, daß er es nicht hören wollte. Er wäre fähig, sie totzuschlagen, wenn sie es nun wirklich ausspräche.

Da nahm sie ihre ganze Liebe zu Hilfe, sah Gunnar fest in die Augen und sagte:

»Du warst nur ein wenig wirr im Kopf.«

»Lange Zeit?«

»Ich weiß es nicht genau. Aber – drei oder vier Jahre . . .«

»Ganz und gar verrückt, du?«

»Nein, oh nein! Du hast Waren gekauft und wieder verkauft und bist auf die Märkte gegangen.«

»In welcher Art war ich dann verrückt?«

»Du hattest Angst.«

»Vor wem hatte ich Angst?«

»Vor Tieren . . .«

»Vor Ziegen vielleicht?«

»Ja, besonders vor Ziegen.«

Hede hatte ihr Handgelenk während dieser ganzen Zeit mit hartem Griff festgehalten. Jetzt schleuderte er die Hand weg, schleuderte sie richtig von sich. In wütender Empörung wandte er sich von Ingrid ab, als habe sie ihm voller Heimtücke eine böswillige Verleumdung erzählt.

Aber dieses Gefühl machte bald einem anderen Platz, das ihn noch tiefer bewegte. Deutlich, wie auf einem Bild, sieht er einen Dalekarlier unter der Last eines ungeheuer großen Sackes gebeugt dahingehen. Der Mann ist im Begriff, in ein Bauernhaus zu treten, aber ein kleiner jämmerlicher Hund fährt auf ihn los. Da bleibt er stehen, knickst und knickst immer wieder und wagt nicht einzutreten, bis der Bauer lachend herauskommt und den Köter verjagt.

Als Hede dieses Bild vor sich sah, überfiel ihn wieder jene entsetzliche Angst.

Unter dieser Angst verschwand zwar das Bild, dafür aber kamen jetzt Stimmen. Plötzlich hört er Geschrei rings um sich. Es wird gelacht, er vernimmt laute Schimpfworte in nächster Nähe. Auch schrille Kinderstimmen mischen sich darunter, und sie schreien am grausamsten und schrecklichsten. Ein Wort vor allem, ein Name, kommt immer und immer wieder, er wird gebrüllt und geschrien, geflüstert und gezischelt:

»Geißbock! Geißbock!«

Und das alles galt ihm, ihm, Gunnar Hede! So hatte er gelebt! Mit vollem Bewußtsein verspürte er das gleiche namenlose Entsetzen, das er als Irrsinniger durchgemacht hatte. Jetzt aber war es nicht ein Entsetzen vor äußeren Dingen, jetzt entsetzte er sich vor sich selber.

»Das also bin ich. Das war ich«, stöhnte er und rang die Hände. Im nächsten Augenblick warf er sich vor einer kleinen Bank nieder, legte den Kopf darauf und weinte, weinte.

»Und das war ich!« brach er schluchzend aus. »Das war ich!«
Brachte er den Mut dazu auf, diesen Gedanken zu ertragen? Ein verlachter, verspotteter Narr!
»Wäre ich doch wieder wahnsinnig!« rief er und schlug mit der Faust auf die Bank. »Das kann doch ein Mensch nicht ertragen!«
Er hielt den Atem an. Das Dunkel, die erflehte Erlösung, kam auf ihn zu. Es zog heran wie treibende Nebelschwaden. Auf Hedes Lippen trat ein schwaches Lächeln. Er konnte fühlen, wie seine Züge schlaff wurden, wie der Blick des Irren wieder in seine Augen kam.
Aber so war es besser. Das andere war nicht zu ertragen. Erniedrigt, verlacht, verhöhnt, wahnsinnig. Nein, lieber wieder wahnsinnig werden und es nicht wissen. Wozu sollte er wieder ins Leben zurück? Alle mußten ihn verabscheuen.
Die ersten treibenden Nebelschleier der Dunkelheit legten sich um ihn.
Ingrid stand vor ihm, sie sah und hörte seine Angst und wußte nur noch, daß bald alles wieder verloren war. Sie sah so deutlich, wie der Wahnsinn abermals Besitz von ihm ergriff.
Sie erschrak zutiefst und verlor allen Mut. Doch ehe er wieder wahnsinnig wurde und wiederum so ängstlich, daß ihm niemand nahekommen durfte, wollte sie wenigstens Abschied von ihm nehmen, von ihm und ihrem ganzen Glück.
Hede spürte, wie Ingrid kam und sich neben ihm auf die Erde niederließ. Sie legte den Arm um seinen

Hals, drückte ihre Wange an die seine und küßte ihn.
Sie hielt sich nicht für zu gut, ihm nahe zu kommen, ihm, dem Verrückten; hielt sich nicht für zu gut, ihn zu küssen!
Ein leises Zischen drang aus dem Dunkel. Die flatternden Nebelfetzen wichen zurück und erschienen jetzt wie hoch aufgereckte Schlangenköpfe, die vor Wut zischten, weil sie ihm nichts mehr anhaben konnten.
»Nimm es nicht so schwer!« sagte Ingrid. »Nimm es nicht so schwer! Kein Mensch denkt an das, was war, wenn du wieder gesund wirst!«
»Ich will wieder wahnsinnig werden«, rief er aus, »ich kann das nicht ertragen. Ich halte es nicht aus, wenn ich immer daran denken muß, wie ich einmal war.«
»Doch, das kannst du«, sagte Ingrid.
»Nein, niemand kann das vergessen«, klagte er. »Ich war ja schrecklich. Niemand wird mich je liebhaben.«
»Ich hab' dich lieb«, sagte sie.
Zweifelnd blickte er auf.
»Du hast mich geküßt, damit ich nicht wieder wahnsinnig werden sollte. Du hast Mitleid mit mir.«
»Ich will dich gern noch einmal küssen«, sagte sie.
»Das sagst du nur, weil du meinst, ich möchte es hören.«
»Möchtest du hören, daß jemand dich lieb hat?«
»Ob ich das möchte? Gott im Himmel, ob ich das möchte –? Ach, Kind«, sagte er und riß sich los von ihr, »wie soll ich es ertragen können! Ich weiß doch,

jeder Mensch, der mich sieht, wird sofort denken: Der war einmal verrückt. Der hat vor allen Hunden und Katzen einen Knicks gemacht.«
Und wieder überkam es ihn, und er vergrub weinend das Gesicht in den Händen.
»Es ist besser, ich werde wieder wahnsinnig. Ich höre ja, wie sie hinter mir herschreien, und ich sehe mich selber. Und nichts als Angst, Angst, Angst . . .«
Da aber verlor Ingrid alle Geduld.
»Ja, recht so!« rief sie aus, »werde du nur wieder verrückt! Das ist wahrhaft männlich! Lieber verrückt werden, nur um sich ein wenig Angst zu ersparen.«
Sie biß sich in die Lippe, um nicht zu weinen, und da sie die Worte nicht schnell genug herausbrachte, packte sie ihn an den Armen und schüttelte ihn.
Sie war erbittert, außer sich vor Zorn, weil er ihr wieder entkommen wollte, weil er nicht kämpfen und sich nicht zur Wehr setzen wollte.
»Was kümmerst du dich um mich, was kümmerst du dich um deine Mutter? Werde nur wieder verrückt, dann hast du deine Ruhe!«
Sie schüttelte ihn wieder.
»Um der Angst zu entgehen, sagst du. Aber hat sie keine Angst gehabt, sie, die ihr ganzes Leben auf dich gewartet hat, und du bist nicht gekommen? Hättest du auch für andere ein Herz und nicht nur für dich selber, dann könntest du deine Krankheit wohl bekämpfen und gesund werden. Aber du hast kein Herz für andere.
Wie schön und rührend konntest du um Hilfe bitten, wenn du im Traum und in Erscheinungen zu mir

kamst, aber in Wirklichkeit willst du gar keine Hilfe haben. Du bildest dir nur ein, dein Schicksal sei das schwerste auf der Welt. Aber, glaube mir, es gibt andere, die es viel schwerer gehabt haben als du!«

Hede hob endlich den Blick und sah ihr voll und tief in die Augen. Schön war sie freilich nicht in diesem Augenblick. Die Tränen strömten ihr über das Gesicht, und der Mund zuckte, weil sie die Worte unter Schluchzen hervorstieß.

Aber für ihn war es schön, sie so erregt zu sehen. Eine seltsame Ruhe kam über ihn und eine große, demütige Dankbarkeit. Etwas Großes und Herrliches war zu ihm gekommen, zu ihm in seiner Erniedrigung. Das mußte große Liebe sein, wirkliche, große Liebe. Hier saß er und klagte über sein Elend, und da stand die Liebe und klopfte an die Tür. Und es war nicht nur so, daß er bloß geduldet werden sollte, wenn er jetzt wieder zum Leben zurückkehrte. Nicht nur so, daß die Menschen kaum das Lachen unterdrücken konnten, wenn sie ihn sahen.

Hier war wirklich eine, die ihn liebte, die sich nach ihm sehnte. Sie redete hart mit ihm, aber er hörte doch durch jedes Wort die Liebe beben. Ihn dünkte, sie biete ihm Throne und Königreiche an.

Sie sagte ihm, daß er ihr das Leben gerettet habe, in der Zeit, als er wahnsinnig war. Er habe sie von den Toten erweckt, sie geleitet, sie beschützt. Aber das sei ihr nicht genug. Sie wolle ihn selbst besitzen.

Als sie ihn küßte, hatte er verspürt, wie lindernder Balsam sich auf seine kranke Seele legte, aber er hatte noch nicht zu glauben gewagt, daß es Liebe sei, die sie trieb. An ihrem Zorn und ihren Tränen aber konnte er nicht mehr zweifeln. Er wurde geliebt, er, ein armer, unseliger Mensch, eine arme Schreckgestalt. Und vor dieser großen, demütigen Glückseligkeit, die nun in Hede erwachte, wich das letzte Dunkel, als höbe sich ein schwerer, rauschender Vorhang. Deutlich erkannte er das Reich des Schreckens, das er durchwandert hatte. Aber er fand dort auch Ingrid, dort hob er sie aus dem Grab, dort spielte er für sie in der Waldhütte, dort umsorgte sie ihn, um ihn zu heilen.

Aber nicht nur die Erinnerung an sie kehrte zurück. Es erwachten zugleich auch alle die Gefühle wieder, die sie einstmals in ihm erregt hatte. Liebe durchströmte ihn. Er verspürte das gleiche heiße Begehren, das er auf dem Kirchplatz in Raaglanda empfunden hatte, als sie ihm entrissen worden war.

Im Reich des Schreckens, in jener großen Wüste, hatte doch immer eine Blume geblüht, die ihn mit ihrem Duft und ihrer Lieblichkeit getröstet hatte. Und jetzt fühlte er, daß die Liebe für immer gekommen war. Die wilde Wüstenpflanze hatte sich mit hinübernehmen lassen in den Garten des Lebens, hatte Wurzeln geschlagen und wuchs und gedieh. Und als er dies erkannte, wußte er, daß er gerettet war, daß das Dunkel von einem Stärkeren überwunden worden war.

Ingrid schwieg nun. Sie war müde wie nach einer schweren Arbeit. Aber sie war auch ruhig, denn sie fühlte, daß sie es recht gemacht hatte. Sie wußte, daß sie den Sieg in Händen hielt.

Endlich brach Hede das Schweigen.
»Ich werde durchhalten, das verspreche ich dir«, sagte er.
»Ich danke dir!« erwiderte sie.
Keine anderen Worte zwischen ihnen.
Hede konnte ihr nicht sagen, wie sehr er sie liebte. Worte vermochten das nicht auszudrücken. Aber er wollte es ihr beweisen, zu jedem Tag und zu jeder Stunde, das ganze Leben lang.